远山的回响

谱写新时代的山乡巨变

央广网 编著

中华书局

图书在版编目(CIP)数据

远山的回响:谱写新时代的山乡巨变/央广网编著. —北京:
中华书局,2024.9. —ISBN 978-7-101-16727-6

Ⅰ.I253

中国国家版本馆 CIP 数据核字第 2024MM9438 号

书　　名	远山的回响:谱写新时代的山乡巨变
编　　著	央广网
策划编辑	李　猛
责任编辑	欧阳红
封面设计	今亮后声
版式设计	毛　淳
责任印制	管　斌
出版发行	中华书局
	(北京市丰台区太平桥西里 38 号　100073)
	http://www.zhbc.com.cn
	E-mail:zhbc@zhbc.com.cn
印　　刷	天津裕同印刷有限公司
版　　次	2024 年 9 月第 1 版
	2024 年 9 月第 1 次印刷
规　　格	开本/920×1250 毫米　1/32
	印张 9⅝　插页 2　字数 210 千字
印　　数	1-5000 册
国际书号	ISBN 978-7-101-16727-6
定　　价	68.00 元

本书编委会

主　编：张　军

总策划：于　锋

编　委：

张　军　于　锋　伍　刚　宫歆慧　王怡峰　朱建勇

李　军　蔡荣波　王　薇　余京津　赵　净　陶玉德

张琼文　张　雷

统　筹：

关宇玲　张　岩　孙瑞婷　李雪南

记　者（按姓氏笔画排序）：

王　迟　王　倩　王　晶　王一凡　王子衿　王启慧

王佳爱　王祎萍　王雪薇　邓玉玲　白刁尹　刘　涛

刘一荻　刘艾鑫　刘保奇　刘博伦　关灵子　孙冰洁

李　帅　杨　艳　肖庆华　吴馨怡　汪　宁　张　伟

张　迪　张可月　张佳琪　张翼晶　陈晓嫚　陈锐海

尚天宇　郑平平　郑智谦　官文清　宓　迪　赵梦阳

胡　斐　姜　頔　贾晓琳　夏　莎　夏　燕　徐　升

郭佳丽　唐　磊　黄一博　黄玉玲　盛杨泳　彭　华

舒隆焕　潘　剑　魏　炜

设　计：

冯悦婷　刘　雷　牟　嘉　张慧玲　韩　硕

序 言

民族要复兴，乡村必振兴。

党的二十届三中全会提出，城乡融合发展是中国式现代化的必然要求。乡村振兴，不仅关乎亿万农民福祉，更关系到国家发展和社会的全面进步。党的十八大以来，我们党坚持把解决"三农"问题作为全党工作的重中之重，打赢脱贫攻坚战，历史性地解决绝对贫困问题，实施乡村振兴战略，推动农业农村取得历史性成就、发生历史性变革，为党和国家事业全面开创新局面提供了重要支撑。

如今，在乡村振兴的道路上，中国正展现出前所未有的生机与活力，让农业强、农村美、农民富的美好愿景逐步变为现实。数据显示，我国农村居民人均可支配收入持续增长，从2012年的8389元增加到2022年的近2万元，年均增长超过9%。农村贫困人口全部脱贫，贫困县全部摘帽，区域性整体贫困得到解决，这一成就被誉为人类减贫的中国奇迹。农村基础设施和公共服务水平显著提升，农村人居环境明显改善，农民生活品质不断提高。同时，乡村产业也呈现出多元化、特色化的发展趋势，为乡村经济注入了新的活力。

从打赢脱贫攻坚战到建设宜居宜业和美乡村，在这波澜壮阔的全面推进乡村振兴进程中，我们见证了无数令人动容的瞬间：广大基层干部扎根乡村，带领乡亲们摆脱贫困、致富增收；许多新农人利用新媒体技术传播农业知识，利用高科技、新模式，推动乡村产业发展；很多有理想、有魄力的城市青年们放弃城市的繁华，回到或来到乡村，用他们的智慧和汗水带领村民共同奔小康……新时代的山乡巨变，蕴藏在这每一个"小故事"中，体现在每一位奋斗者的身上，这些"小故事"汇聚成了新时代乡村振兴的宏大叙事，成为实现乡村振兴的磅礴力量。

而在这广袤无垠的乡村土地上，广大新闻工作者深入其中，他们走进田间阡陌、村庄小巷，观察乡村的变化与发展，倾听农民的心声和期盼，用镜头和笔触记录下乡村的真实面貌和生动故事，产生一批立意深远、内涵丰富、创意独特、传播广泛的精品佳作。

央广网作为中央重点新闻网站，是党的意识形态重镇和总台重要新媒体平台，始终秉持"讲好中国故事，传播中国声音"宗旨，凭借其深厚的媒体资源和广泛的传播力影响力，在脱贫攻坚收官之年，推出重磅系列报道《远山的回响》。该系列主题报道紧扣国家政策走向，从产业振兴、科技振兴、组织振兴、文旅振兴等多个维度展现乡村振兴的丰硕成果，进而展现新时代乡村的巨大变化和奋斗者的精神风貌。

为了呈现这些真实、鲜活、感人的报道，自2020年11月《远山的回响》系列报道刊发以来，已连续开展四季报道工作，多路记者深入农村一线，进行蹲点式采访调研。他们与基层干部、新农人、村民等开展面对面、实打实、心连心地交流互动，挖掘乡村振兴的题材和故事。央广网充分发挥新媒体报道融合创新能力，运用文字、图片、视频、手绘创意等多种要素，使得该组报道报道立意高远、思想性强，兼具专业性和艺术性，推出一批生动鲜活的"新农人""新村民"代表人物，他们的经历和故事折射出的乡村"回响"，引发了广大受众的共情共鸣。此外，通过央广网多平台媒体矩阵的合力传播，不断扩大《远山的回响》报道的影响力，使其成为乡村振兴报道领域的重要作用。

值得一提的是，《远山的回响》栏目报道中所涉及的乡村振兴典型案例和成功经验具有指导意义，为其他地区提供了可借鉴、可复制的乡村振兴发展模式。这些模式的推广和应用，将进一步推动乡村振兴战略的深入实施，促进农村经济的全面发展和社会的全面进步。

如今，为了进一步扩大报道的社会影响，央广网决定将《远山的回响》系列报道的成果结集成册，以书籍的形式呈现给读者。这本书不仅是对乡村的一次深情回望，更是对未来的一次美好展望。

作为一本记录乡村振兴成果的书籍，《远山的回响》将为我们提供宝贵的参考和启示。我们相信并期待，这本书能够成为连接城市与乡村、传统与现代的一座桥梁，让更多的人了解乡村、关注乡村、热爱乡村。

我们也希望，这本书能够激励广大农村工作者和奋斗者继续发扬奋斗精神，为实现乡村振兴贡献自己的智慧和力量。

（胡正荣，中国社会科学院新闻与传播研究所所长兼任中国社会科学院大学新闻传播学院院长）

目　录

第三季

山乡自有山乡的美

第一季

生计有保障，日子有盼头

异乡人逐梦记

　　七十多岁的姜芝莲坐在门前烤火。

　　她瘦弱的身子佝偻着，脸色苍白，腿部水肿，整个人病怏怏的。火盆里亮透的炭火静静燃烧，不断给她送去热量。身后是山土垒起来的土坯房，老旧简陋，屋里堆满捡来的塑料瓶，床上的被褥又黑又脏，空气里飘浮着刺鼻的异味。

　　4年前的这个场景，余涛至今印象深刻。当时，他刚从陕西省安康市石泉县县城来到大山深处，从县发改局的公务员成了火地沟村的扶贫干部。

秦岭南麓，山大沟深，他每天往返于九曲十八弯的山路间，走访调研贫困人家的生活状态。当他看到大山的老人过着如此贫苦的日子，"眼泪都快掉下来"。

姜芝莲说不了话，余涛问她的儿子李金富，要买点什么，下次顺路带过来。

对方只要一个电饭锅。

"当时我想，一定要想办法让他们尽快脱离贫困。"从那时起，在陌生的山沟里，这位异乡人的目标变得更明确——让贫困户过上好日子。

4年间，异乡人在山沟里扎下了根。每天早出晚归，他和扶贫工作队修路、搭桥、盖房子，在山间种起核桃、烤烟、黄花菜……

4年间，异乡人的付出初见成效。89户贫困户中有84户已经脱贫，火地沟村摘掉了"贫困帽"，分布在山间的核桃、黄花菜等产

火地沟村山下安置房

业成了留守老人持续的生活保障。余涛不满足于此，他希望做大村集体经济，"让年轻人都回来发展，既能在家门口挣钱，又能照顾老人。"

初到穷山沟

2016年4月，春光正好，38岁的余涛带着被褥离开县城，随着汽车钻进秦岭南麓的沟壑间。他是陕西省安康市石泉县发改局重点项目统筹股股长，此行前往两河镇的一个贫困村——火地沟村，开启他的驻村扶贫生活。

山路蜿蜒，车缓慢前进，把县城一点点甩在身后，把人送到了远山深处。

刚进村，余涛被领到村委会的一间仓库，里头堆满杂物，房间幽暗潮湿，空气中弥漫着灰尘，木板搭成的床简陋破旧，这是村里给他腾出来的"宿舍"。从小在城里长大的他对此感到错愕。打开水龙头，黄色的水夹杂着泥沙缓缓流出，洗漱成了难题。房间没有电灯，小台灯给了黑夜一点光明。隔天起床，余涛才发现，床底一条蛇陪他度过了驻村的第一晚。

火地沟村677人中有213人是贫困户，第一书记余涛的首要任务是掌握他们的困难情况。刚进村的半个月，他随身携带工作本，坐上驻村工作队的摩托车，上山走访。

山路坑坑洼洼，颠得人难受。这个异乡人看到，大山的人们零散分布在纵横交错的沟壑间，他们住的土坯房简陋易损，有的甚至出现明显的裂缝，门前屋后的一点平地种着苞谷、土豆、黄花菜，人们过着拮据的日子。山大沟深，发展空间狭小，一方水土养不活

火地沟村山上土坯房（陈锐海　摄）

2020年10月下旬，余涛在贫困户家中了解情况（陈锐海　摄）

一方人，年轻人外出务工，留下缺乏劳动力的老年人，这是穷山沟的贫根。

余涛有一个本子，上面密密麻麻记着火地沟村的现状与每一户人家的困难。那段时间，火地沟村的夜晚始终闪烁着一盏灯光，夜里下山回到村委会，余涛和驻村工作队的同事们坐在灯光昏黄的房间里开会，商讨发展规划，撰写脱贫方案。常常是刚说到兴奋处，一抬头看时间，已是凌晨。

村里通了水泥路

"扶贫不能只是给钱给物，也不能想着把表格做好看就好，重点是要给老百姓留下能长远发展的东西。"在余涛看来，发展产业，让贫困户稳定就业、持续增收，这才是脱贫攻坚的根本之策。但他和同事们认为，打造产业之前，必须先修一条公路。

火地沟村的优势是发展山林经济，村民种了多年的核桃、烤烟、中药材等经济作物。但山路颠簸，一到收获季节，农户难以将货物运下山，收入大大缩减。"所以，当时我们最想解决的就是基础设施问题，先把路打通了。"

余涛跑县政府，找发改局细说困难。领导说："只要村上需要，我们就去争取。"最后，余涛和同事们为火地沟村争取到800多万元项目经费。

此后三年间，挖掘机开上山，村民们扛着家伙，往返于山路之间，在轰隆声中忙个不停，修了一条长16.8公里、贯穿全村的环山公路。

如今，一到丰收季节，货车直接开上山，货物总能卖个好价钱。

村民在山上加工烤烟（陈锐海　摄）

　　贫困户石正高因此扩大种植规模，如今25亩烤烟一年能给这个四口之家带来5万元纯收入。然而，事情并非一帆风顺。那会儿，大女儿外出念书，妻子刚生二胎，急需花钱的石正高家既缺资金，又缺劳动力。

　　得知情况后，余涛跑发改局、找政策，为石正高争取到财政贴息贷款，又主动上门帮干农活。这个县城来的公务员扛着锄头，在倾斜45度的陡坡上，与老农顶着烈日种起烤烟。这是从未有过的人生体验。那时候，他就这样陪这家人度过艰难的时期。

　　"余书记是好官，我们希望他留下来。" 63岁的周天芝不会忘记，有一回，正在山上种地的她赶上暴雨，下不了山，就在土坯房里躲雨。余涛担心她的安全，冒雨开车将她接了下来。这件事，周天芝一直记在心里。她的三个女儿都嫁了出去，老伴患有间歇性精神病。以往，周天芝一个人种着几亩土豆，既填不饱肚子，更无力承担医药费。在余涛的帮助下，如今夫妻俩申请到低保与重症精神病护理费，生活逐渐好转。

菌菇里的希望

路通了，沿路发展哪些产业成了扶贫工作队要钻研的问题。村民搞过养鸡场，结果难以在供过于求的本地市场中获利，一旦遇上病害，更要赔本。正当余涛和同事们苦恼之时，隔壁村来了个种植食用菌的年轻人，对方提出合作意愿。

详谈之后，余涛颇感兴趣。他上网查资料，得知河南西峡县的食用菌产业发展良好，便和几个同事开车前往八百多公里外的西峡县考察调研。从品种选取、种植技术，再到管理经营，几天下来，他们边听边问边拍照。

取经回来后，扶贫工作队在山脚下的一块空地搭了一百多平方米的大棚，作为食用菌种植的试验基地。半年后，第一波菌菇长势良好，余涛和同事们每天忙完就兴冲冲地跑去采摘。

试验成功，心里更有底，火地沟村决定发展食用菌产业。经费不足，余涛四处动员，找来五个合伙人，每人出资20万元。

山中平地少，余涛转了几天，终于看上镇上河滩旁的一块平地。镇领导说："你找别的地方吧，这块地要规划搞旅游。"

余涛游说了很长时间，又把镇长带到汉中一个成熟的菌菇种植基地考察。镇长一看，这个地方也是山连山，气候和两河镇差不多，便感慨："他们都能种七八十万袋，收入也可观，为什么我们不

火地沟村培养出的食用菌（陈锐海　摄）

能做?"

　　塑料大棚里，余涛说个不停，镇长也听得津津有味，他在一排排长势良好的菌菇中看到希望，终于拍板答应。余涛为村民们争取到河滩上120亩难得的平地。"飞出"火地沟，飞入两河镇城镇社区的流转地，这个食用菌基地成了安康市唯一一个村级的"飞地产业园"。

　　需要地下水，他从水利局拉来项目；好不容易建了食用菌种植基地，第一波菌菇被高温烧死，赔了钱，合伙人嚷着要退出。"他们的钱好多都是贷款，有的说白了是积蓄拿过来的，头一年就这个样子，大家就一下子没了信心"。余涛说。

他苦口婆心地算明账，描蓝图，劝人留下来……

"干什么都不可能一帆风顺、一点风险都没有，何况创业初期投入多产出少，也是正常的事。我跟大家说，要从长远看项目，有困难，我们就一起想办法解决，要干就把事情干好。"余涛担起责任，"大家辛辛苦苦贷了款来做项目，我不能辜负他们的信任。"他找到合伙人，一个接一个劝，并承诺自己会同舟共济，最终打消了合伙人打退堂鼓的念头。

异乡人的愿望

经过三年多的发展，如今，120亩、20万袋食用菌成了火地沟村的支柱产业，2020年的产量比往年翻了几番，不仅成为53户贫困户稳定增收的来源，还带动周边村落两百余人就业，人均增收2000元。

此外，山上的2500亩核桃林、300亩烤烟、100亩黄花菜和100亩李子，共同组成火地沟村的主产业。贫困户在产业的发展壮大中逐年脱贫，89户建档立卡贫困户有84户已经脱贫，人均年收入达10900元，剩下的5户2020年年底也将脱贫。山上的223户677人全部搬下山，搬到村里、镇上、县城的新建安置房。

山上有产业，山下有新居，村里通了公路，货物不愁销路，生计有保障，日子有盼头。如今，在支柱产业的带领下，周天芝打理4亩核桃林、1亩黄花菜、1亩魔芋，经济价值高，收入随之增多。伍正华加入村里的脱贫劳务队，月收入达到2000多元……火地沟村好消息越来越多。

"现在起码大家出门能走一脚好路，不像以前出门就踩一脚泥。"

村民采摘黄花菜

当了四年第一书记的余涛用火地沟村看得见的变化激励自己。

他自认为是个要强的人，不管做什么都要做好，年轻时当了三年兵，有两年拿了优秀士兵奖，后来到了石泉县发改局，又和同事们拿下一个国家级的荣誉称号。逢山开路，遇水搭桥，这是他过去几年面对困难时秉持的信念。

他把时间和精力留给了火地沟村，却把缺位与愧疚留给家庭。妻子生产，他只在产房里待了三天就回村；女儿放假，他没能兑现陪她旅游的承诺……

驻守大山，日复一日，他看过山间的云海，见过山头的日落，领略过山里的寂寞。常年上山，车轮换了六七个，如今路再绕也了然于胸，开车技术更是炉火纯青。异乡人比本地人更熟悉每一户人家的情况，更清楚火地沟村的未来在哪里。

"现在村里的产业已经初见规模，开始产生利润，我们现在要做的就是稳固产业，让它们能够长远发展下去。"余涛说，他希望把互联网引进村，让菌菇等土特产搭上电商快车，走出大山，走向全国，壮大火地沟村集体经济，让更多外出务工的年轻人回村发展。到那时，老人不仅有人照顾，火地沟也能持续焕发生机。

如今，余涛还在为火地沟的未来操心，"肯定要把这个事做得圆满一点，不想走的时候给自己留下遗憾。我希望老百姓最后说的是，'你看你待了几年，对我们是好的'。"

荒漠新城的昨天和今天

　　宁夏回族自治区吴忠市红寺堡区红寺堡镇弘德村，从高空向下看，村民的新居如同豆腐块一样整齐划一。水泥路平坦笔直，四通八达。80后村民赵彩红的新家就在其中，干净、平整、明亮。

　　赵彩红的老家位于宁夏固原市原州区张易镇毛套村，那是一个蜷缩在宁夏南部六盘山区贫苦、干渴的村庄，曾被联合国粮食开发署确定为"最不适宜人类生存的地区之一"。

　　山高沟深、靠天吃饭，赵彩红一家曾长期靠着种土豆、养羊过活，一年只有5000多元的纯收入。

弘德村村民的新家（徐升 摄）

　　那片土地承载不了人们脱贫致富的希望，搬走是他们最好的选择。2012年至2015年，红寺堡区最后一批移民——"十二五"生态移民搬迁来到弘德村。2012年8月10日，赵彩红一家定居于此。

　　"老家的苦日子过怕了，我觉得来这里挺好的！"平坦开阔、喝水不愁、有工可打，虽然还是村上的建档立卡贫困户之一，但赵彩红已然感到知足。

　　可和她同时间搬来的老乡任军却不这么看："穷，还是太穷。"

　　2014年，任军是弘德村的村会计。那一年，生态移民搬迁已接近尾声。但弘德村贫困发生率却高达88%，村中的常住人口1522户6444人，其中建档立卡户就有1036户4497人，人均年收入仅为1800元。

　　任军觉得，弘德村和固原老家相比，"过的还是穷日子"，变的不过是房子而已。

脱贫致富，一个都不能少

如果"穷"能具象化，那应该是2014年弘德村的模样。

脱贫攻坚，时不我待。这份艰巨的任务压到了村里每一位干部的身上，任军也不例外。

看着村里的状况，他心里直着急，"咱从南部山区搬到弘德村，是为了更好地活下去，而不是换个地方继续穷下去。"

在弘德村，土地不过人均1亩，是稀缺资源。然而想脱贫，这1亩地的力量实在有限。

任军心里有想法：未来的弘德村必须要走"合作社＋公司＋农户"的经营之路，实现村民从个体经营向集约发展、共同受益的转变，"让农民变成了产业工人，短期工变成了长期工，让村民有稳定的收入。"而土地流转便是其中的第一步，也是最难的一步。

"村上大部分人都是愿意流转的，可是有一部分年纪大的人却不愿意。他们半辈子都在地里讨生活，觉得把田丢掉不踏实。地里产不了多少钱，务工也给耽误了。"现实情况便是如此。

任军是土生土长的农村娃，乡音浓重，做事踏实、认真。

"开会、引导、宣传，没少磨嘴皮子。"

村上的大会隔三岔五，分片区的小会开个不停，任军把学到的专业知识换成大白话讲给村民们听，把未来的收入一点一点算出来让农民看得明白，可依然有人觉得任军是要抢他们的地。

"一开始确实有村民不能理解，各有各的想法，急了还会说一些不好听的话。"这样的情况任军遇到了多次。

可他憨厚一笑，"后来我们慢慢地做工作，很多人就想通了，土地流转工作开展得越来越顺利。"

任军和村民交谈

　　2014年，弘德村将6700亩土地全部整合流转给企业发展特色农业，每年仅流转费的收入就能达到357万元。

　　土地有了，农业种植基地、工厂企业大展拳脚的舞台就有了。

　　2017年9月，弘德村生产纸箱包装的扶贫车间开工建设。如今已能稳定100多人在此就业，每人每月都能赚3000元左右的工资。这笔钱，几乎是此前原州区很多百姓近一年的纯收入。

　　纸箱包装车间负责人侯刚笑着说："厂子早上8点上班，现在很多人7点多就来了！他们说，来车间干活不仅赚出了生活费，工友们在一起还能解个闷儿，干活干得浑身是劲，生病都少了！"

　　"要有奋斗的精神气儿，更要有能吃饭的本领。空有一身力气是赚不到大钱的！"扶贫扶志，更要扶智，任军看得很透彻。

他是这么想的，也是这样做的。弘德村的电焊、装修、工程、烹饪等技能培训课程不仅办起来了，还常常爆满。专业在手，致富不愁！村里90%的壮劳力通过技术培训，掌握了发家致富的本领，2019年弘德村输出劳务近2000人，创收3000万元左右。

"现在来看，土地流转是对的。没有流转就没有后面的一切。"任军说。

如今，在村民新居的西部和北部，是一片又一片壮观的酿酒葡萄园和枸杞种植园。进入冬季，园中虽已不见绿油油的作物和村民们忙碌采摘的身影，但依然可以想见农业园生机勃勃的模样。

"我们这里的葡萄酒是特产，味道醇厚，还在国际上拿过奖！"任军一脸骄傲。

弘德村内，不少扶贫工厂车间和村民的新居"并排而坐"，这在全国也能称得上是特色。车间内机器轰鸣，所有的工人都在低头忙碌，专注又认真，似乎是墙上"我和家人一起奔小康"标语的真实写照。

2017年，任军当上了弘德村的党支部书记，正好赶上纺织扶贫产业园的招工潮。任军立刻往村子的微信群里转发了招聘信息，帮着不少村民谋到了稳定工作，赵彩红就是其中之一。

"我感觉这份工作比较轻松，工资也挺不错，就来了。现在村里能赚钱，环境好，还能照顾家里的老人，不比外面差。"和以前在上海打工相比，如今的赵彩红更愿意留在家门口上班，这也是很多弘德村年轻一辈的想法。

文化活动室、健身器材、星光足球场、绿的树、红的花……大城市里有的，弘德村也有了。

不少村民正在纸箱包装车间内工作

弘德村特产葡萄酒（徐升　摄）

纺织厂内，工人正在工作（徐升　摄）

现在，赵彩红从家出发到单位的路程只要6分钟。这条路上没有陡坡和坑洼，不用担心下雨时摔得一身泥泞，只有甩开膀子努力工作的决心和斗志，"好日子要靠着我们的双手一点点赚出来！"

"牛"书记

从扶贫车间出发向东，驱车10分钟后，多样的风景逐渐退去，视野变得开阔。一间养牛场猛然撞进视线。

养殖园中，不少肉牛正在悠闲地吃着饲料、晒着太阳。"哞哞"的叫声传来，为冬季里有些荒凉的景色增添了活力。

牛羊肉是当地人饮食的"重头戏"，也是任军眼中的"摇钱树"。他下定决心准备"薅牛毛"，让村民们在打工之外还能多一份收入。

　　脱贫致富，迫在眉睫。一家一户小作坊式的养殖模式追不上国家的发展。"很多家都把牛棚建在自己院外，味道不好闻，村貌更不好看，散户养殖影响环境卫生，不符合生态家居的发展思路。"任军觉得，发展养牛合作社、集中饲养可以有效实现降本增效，或许是当下最适合弘德村的发展方向。

　　2018年，任军拉着几户有能力的村民当起了致富带头人，用带头人的名号成立养牛合作社。可自己的一腔热情并没有换来村民的大力支持，都搪塞说：等等看。

　　加入合作社，每户需要拿出至少12万元入股，其中2万现金，贷款10万元。这2万元是什么概念？

　　对有些人来讲，那不过是几个月的工资。但在弘德村，这是一家人辛苦攒了多年的巨款，不到万不得已决不能拿出来"挥霍"。赵彩红倒很是心动："我养过羊，有经验，即便是肉价不高，也不会亏损太多。但我老公害怕贷款有风险，不敢参加。"

　　"有些村民胆小，怕自己的钱打了水漂。也有人担心带头人是不是真的会带着我们往前走……有各种各样的担心。"任军心里比谁都清楚。

　　好日子等不来、要不来。赵彩红还记得，那段时间，"牛"这个字几乎是村上所有大会、微信群聊天的主要内容之一。大会上聊不清的，任军就往村民家里跑，耐心做工作，认真分析加入合作社的好处和未来的收益，但是收效甚微。

　　更令任军伤心的事情还在后面。

　　原本和任军打好招呼的一名积极成员临时撤资了。而此时，合作社的成立早已"箭在弦上"。突然缺少了这笔关键的资金和支持，任军心急如焚。好在，弘德村仍有敢于第一个吃螃蟹的人，资金

养殖园中一景（刘一获　摄）

养殖园中的牛（刘一获　摄）

人力迅速补齐，任军的合作社终于磕磕绊绊地建起来了。2018年，弘德村仅成立了3家合作社，全村1522户只有33户参与了养牛合作社。

可养牛真的能赚钱吗？合作社能办下去吗？投资啥时候才能有回报？几乎所有人心里都有这样的疑问。任军觉得肩上的担子很重，"不能让大家的钱白扔了！"

憋着这一口气，任军开始疯狂地系统学习现代农业知识。从涉农政策到农业产业化总体形势，再到新品种培育和新技术推广。什么品种的牛吃多少草、吃什么草，什么时候打疫苗……任军快成专业的"牛倌儿"了。

好事多磨。弘德村的3家合作社共饲养肉牛320头，每户分红至少2万元，交出了一份漂亮的成绩单。这在全村引起了不小的轰动。

2019年，弘德村又成立了7家合作社，一下子吸引了243户村民的热情参与，其中就包括了此前一直在纠结的赵彩红一家，"我们看合作社效益挺好的，再加上任书记时常给我老公做思想工作，所以我们就参加了合作社"。2019年，弘德村肉牛养殖数量超过了1700头，贫困户分红达到了456万元。

2020年，弘德村肉牛养殖合作社总数达到了15家，随后成立了联合社，入驻"飞地"养殖园区发展集中养殖，合作社也实现了统一管理、统一销售和发展。400多户村民争着抢着报名，几乎要将"飞地"养殖园撑爆。

蓝色牛棚的后面是接近竣工的养殖园二期工程，几乎延伸到了视线之外。任军高兴地说，现在园中已经有肉牛3000头了，户均增收能达到2万元以上。截至2020年11月，养牛合作社已经吸引了525户村民的参与，其中建档立卡贫困户为435户。"脱贫致富奔小康

赵彩红（右一）和家人在一起，笑容灿烂（赵彩红 供图）

的路上，一个都不能少！"

现在弘德村产的牛肉不仅在宁夏有头有脸，还打入了广东等多省份的市场。任军觉得，距离自己心中弘德牛香遍中国的"小目标"越来越近了。

一边务工、一边参加养牛合作社，两条腿走路的弘德村步子稳、走得远。截至2019年，弘德村的贫困发生率已降至0.78%，年人均可支配收入达到8345元。这一年，赵彩红家也正式脱贫摘帽。

"我自己申请的！这是自己奋斗的成果！"她很开心。

任军也高兴，因为今年村中仅剩的20户贫困户也依靠政策性收入、公益岗位工资和劳务收入实现了脱贫。弘德村的面貌早已不同往日。

这几天，任军一直在工地上忙活着，"村子正在修地下排水，现在百姓生活好了，我们把这些基础设施再弄好，生活会更方便。下一步乡村旅游的项目还要跟上，建民宿、做餐饮……能干的事情多得很！"

"2012年刚来到弘德村时，好多地方还能看到荒漠的影子，现在再看，村子特别生机勃勃。我们的好日子还在后头呢！"

弘德村，从不缺和赵彩红一样勤奋的脱贫户。贫困，再也不是纠缠弘德村村民的噩梦了。

竹林深处有人家

作为女人，陶淑元过了50岁，生活才得以平静下来。

10年前，与第一任丈夫离婚后，她带着两个娃，四处打零工，讨生活；几年后，第二任丈夫和婆婆又意外离世，自己身体里的肿瘤，也近乎危及生命。

命里克夫，婚姻衰败，村里的闲言碎语，陶淑元一度难以抵抗。

陶淑元也不怪谁，生活总要继续。

所有的际遇都归咎于"贫穷"二字。偏僻、原始，在湖南益阳市桃江县，最穷的乡村大都散布在深山老林之中，陶淑元一家世代

陶淑元所在的九岗山村（王晶　摄）

胡喜明穿过几片竹林，前往一位贫困户家探望（胡喜明　供图）

也都生活在这高山竹林之下。

眼前数不清的竹子，高高低低，总让人看不清尽头。在遇到扶贫办主任胡喜明之前，陶淑元觉得，她这辈子"到头了"。

在县政府的大楼内，扶贫办主任胡喜明的办公室可以轻易被找到，桌上除了两盆花草、一个茶杯，便是密密麻麻的手写文件。

下午4点，他下乡回来，还没来得及喝口水，一个电话又打进来。

"是陶淑元，家里最近大小事又和我念叨了一会。"就像接到老朋友的问候，胡喜明看起来颇为兴奋，放下手机就和记者讲，"以前不太爱讲话，现在有什么事只跟你讲，这说明什么？"

他将问题抛给记者，随后又快言快语，"你参与到她的生活里了，你不是外人了。"

贫困，从发生到消灭

点开胡喜明的微信，几乎每一条朋友圈都与贫困户相关，记录的，尽是与之相处的点滴、细碎日常。就像陶家这些家事，没人比胡喜明清楚，包括她要再嫁，也想听听他的意见。

而家家有本难念的经，作为湖南省益阳市桃江县扶贫办主任，胡喜明要念的，是全县233个村（社区）的"脱贫经"。

胡喜明的社交圈很窄，除了工作，便是回到家里，但仍觉得时间不够用。

不分四季，7点前就到单位，几沓的调研材料等着他细化。他腰椎有毛病，久坐个把小时，就得在沙发上倚上一阵；下村入户更是必需的，就像接受采访这天，他刚从几个村子风尘仆仆地赶回来。

还有几个小时的山路，他要带上记者一起走。

桃江县，人口近80万，属南方丘陵地区，最穷的乡村大都散布在深山老林之中。胡喜明一边脚不停歇地做事，一边又在消化着其中的累。

他要帮扶的，都是脱贫攻坚收官之年，最难解决的部分。

"家里6口人，只有半个明白人。"胡喜明在讲这一户时，刚还舒缓的神情瞬间没了，"父亲死了，老婆、三个孩子、母亲全是智障"，胡喜明一进院，一家人把他给围上了。和他讲话的，是男主人，"是盲人"。

最难的，不是只有这一户。

10年来，这个中国楠竹之乡，通往周边城市的路逐渐畅通，竹林资源逐渐打开销路，而南下务工者也不计其数。仅2019年，桃江县4万贫困人口中，近1.5万人前往广东等地务工。

而留下来的贫困户致贫的原因，用胡喜明的话讲，"除了身体患病，有懒病的也不少。"

这就是一条实打实甘苦自知的路。他不拼不行，每月进村入户不少于15天，这对一个年过半百的人来说，并不轻松。

"刘建平，这个人我记得很清楚。"胡喜明刚上任的前两个月，这家就住在半山腰上，墙壁被地质灾害推倒一半，身患癫痫、儿子丢了几年也不闻不问，"我去找他，说有易地搬迁政策，村干部帮找地基。"刘建平连门都没让进，直接甩下一句，"随便你们搞不搞。"

这句话，胡喜明说自己这辈子都忘不掉。

胡喜明了解自己，从小也在缺衣少食的家庭长大。对于扶贫，他有着天生的敏感度，但这也容易变成"坎"。有些早已超出他对苦难的认知，甚至是积攒了半辈子的人生经验。

贫困户曹卯生老人的原住处（胡喜明 供图）

他也没时间消化某些情绪，一口气又爬上千米山头。

年过九旬的曹卯生家中，墙壁是泥巴糊的，连电灯都没有；更戳人心的是，身上挂着的引流袋，9年未更换过。致贫的原因是：刚脱贫的儿子拒绝赡养老人。

胡喜明边抹泪边骂人，"村组的党员干部哪去了？"随后就在屋里点着蜡烛开专题会解决。第二天，老人搬到了儿子家。

这绝不是个例。脱贫攻坚收官之年，精准扶贫光靠"情感"不行。

此后，经胡喜明提议，由公检法司四部门联合出台的《关于敦促赡养义务人履行赡养义务的通告》，很快得到推广。

……

他这不是在和谁较劲，也不是为了做给谁看，他心里有一面镜子。

胡喜明二十多岁时，曾常年在区公所跟着一位老书记下乡，"他上午听村上汇报，下午一定会提着包包，一路走回县里。"

"15公里的路，做什么呢？"

"走走停停，和纳凉的村民们抽上几口旱烟，聊会天；看到人家的牛，像农户一样，掰开牛的大口，看牙齿骨。牙口好，说明这户人家生活好。"

如此一来，村民的状况一目了然。天黑到家了，一路调研也完成了。

这就是胡喜明对标的点，"油盐柴米与鸡毛蒜皮中，真扶贫没别的办法，只有时间。"至今，桃江县扶贫办主任一职，胡喜明任职最长。

一位大爷在和胡喜明唠家常（胡喜明　供图）

否定的声音，渐渐变弱了

胡喜明一边坦率地记录着别人的困难，一边有求必应。至今，自己仍住在90年代的老居民楼里，没电梯、没物业。

如果翻看他的朋友圈，陶淑元的家事，在最近两年出现频率最高。而从描述的琐碎程度来看，你绝不会揣测出：这是一位扶贫办主任。

帮扶两年了，没上过什么学的陶淑元，一见到记者，就拉着上二楼新房，操着一口方言讲，"前几天家里电线着火，第一个想到的，就是给他打电话。"

"你知道他是做什么的吗？"

"不晓得，反正就是管贫困的。"

胡喜明只是在一旁笑，喝起了放在灶台上的擂茶。这是陶淑元特意放在那的。

没人比胡喜明清楚，这份信任的来处。"就仅是帮她养鸡这件事，第一年还是以失败告终。"最难就在这里，"一不答应学，二不答应销，三不答应保管，我们买来鸡苗和苞谷，她说顶多养一下，死了也不负责。"

陶淑元的"气"，胡喜明愿意理解为是对命运不公的"应激反应"。亲人接连去世，好在日子平稳些了，因为门口的一座桥还与嫂子起了纠纷。想要去陶淑元家，要绕上好远一段路。

就在同意养鸡前，胡喜明不知道跑了多少趟，但还不是解决养鸡的事，"是思想"。陶淑元让17岁的女儿辍学嫁人，自己也要再嫁赚上一笔；还让胡喜明一次性给她一笔扶贫费，"没好话，来一次撵一次。"

可耐不过胡喜明的执着，即便养了鸡，陶淑元的理由却是"我不养鸡，政府的一分钱我都得不到"。她执意要到亲戚处购买鸡苗，

陶淑元正在鸡圈喂鸡（王晶　摄）

脱贫户汪竹军家，胡喜明正在与汪竹军交流鸡的销路（王晶　摄）

结果，损失了70%。

那就再来，胡喜明自己琢磨，又找来村上农户帮忙，给出的意见是：鸡窝太密了，不透风。

可陶淑元偏不听。第二天胡喜明又接到一个揪心的电话，陶淑元这次又哭又闹，"又死了，我说不养，你看公家的钱被你浪费了吧，你直接给我钱多好"。胡喜明只好求农场老板帮忙，又送了她两只鹅，用于防黄鼠狼。

这一次，陶淑元觉得鸡死了两次，面子上挂不住，想法有些松动，"她跟我讲，晚上就在那看着，带着扇子去扇，守着鸡窝不睡觉"，讲到这，胡喜明大笑："你看，没人愿意过苦日子的。"

在胡喜明的帮助下，鸡窝改良版随后上新，就建在前院。

但陶淑元的电话，又来了，"又不想养了，说养鸡扰乱邻居。"在胡喜明的记忆里，这是她第二次提出要钱。他又连夜赶到她家。这一次，是误会了陶淑元。"男朋友不靠谱，为这个事情哭。"她说，如果养鸡，难以处理男方父母那边的事。

那一天，说悔过自新一点也不为过。她自己讲："靠人不如靠己。"

采访那日，陶淑元与之前的态度截然相反。一听说是采访胡喜明，和记者坐得很近，连竖大拇指。或许是碍于情面，她一口否认当初把胡喜明骂走这件事。反倒是和他开起玩笑来，"明年，我还要养上一头猪。"

现在鸡都生了蛋，2019年年末，陶淑元从床底下掏出4个蛋，非要拿给胡喜明。这次，他终于有机会与陶淑元做笔交易了，"你有个在家养病的儿子，要收下我这200元红包。"争执了不知道多久，胡喜明在口袋里揣上这4个蛋，回县里了。

直到现在，陶淑元的鸡，多数是胡喜明给找的销路，但他不较劲了，"至少思想转变过来了，还怕什么？"

"黑脸包公"

四目望去皆是竹林，这个原本脱贫成绩并不显著的县城，如今又交了新成绩单——贫困发生率由2014年的6.8%下降到2019年底的0.24%。

采访当天，胡喜明说，如果没有带着记者去陶淑元家，自己原本还有几个会议要开，这些会，绝不比下乡轻松，"压力看不见，但一个个压倒你。"一次，他直接倒在了办公室门口，睡了一天一夜才醒过来，"纯粹是累的"。

"你在意什么啊？"

"'三保障'，我们说政策要落实，下面汇报讲成绩时说得一套一套的，不能只听表面的。"

一位村干部说，扶贫办的督查人员来村里检查，在别处，可能因为扶贫日志写错一个字，"要扣分"，但胡喜明到村上，就两件事，"一个是暗访，另一个就是暗访后的批评。"

记者将原话转述给胡喜明，他仰面大笑起来，"我就是桃江最大的'恶人'"，随后又一脸严肃，"要是讲问题，给我三天都说不完。"仅去年，桃江县就整改了700多个问题。

胡喜明讲话一向直来直去，贫困户不怕他，但下面的村干部可不行。"15个乡镇排名，倒数第一的，就通报批评，如果连续三个月，区级乡镇的就地免职。"这规则是胡喜明定的，随后"五个一"扶贫工作机制在全省复制推广。

他太爱找茬了，还总喜欢出其不意。越讲越起劲，茶都续了三次。

有一回，他从电视台搞了台摄像机，带上县委副书记，花了三天时间，悄咪咪地走了15个乡镇。"不是报道我们，直接去查哪一户危房没落实，哪一户没参保等，有老人，有的是校长，都有画面。"

来到高桥村，一位老奶奶讲，孙子很想读书，被退学的主因就在于班主任的"责骂"，胡喜明又到学校去，学校给出的理由是，"就是孩子不想念，义务教育阶段没读完就辍学了。"

他把乡镇党委书记喊过来，就看片子，一分一秒地看，都不作声了，"结果是老师受到处分，很多就是这样子。"现在提起，胡喜明还是很愤怒，"你不踩到底，就在上面布置一下，落实不充分的。"

他太爱较真了，好多人到县上告他的状，"子虚乌有的，说什么的都有"。

"那你怕吗？"

"不得罪他们，就得罪老百姓，你选一个。"

胡喜明常常感到不安，永远没有放松的那一刻。即便县上43个贫困村已有37个脱贫摘帽，剩下的6个贫困村也有望2020年底全部出列。

这种不安，用胡喜明的话讲，是骨子里带来的。"我不会骗人"，他说，在基层，政策的监督落实是"命门"。

前两天，他又去调研，地点在光伏电站。站内增设公益岗，解决贫困户就业。

介绍情况的同事还没开口，他瞄一眼材料，"环境卫生监督员"，随即摆手叫停，"你们安排了一个卫生员，要去搞清扫；可搞个监督员也是贫困户，你给他钱，还能起到监督作用吗？！"

胡喜明火气一下就来了，这就是"随意安排名目、变相花钱"。

地处竹山下的脱贫户，刚刚翻盖的新房（王晶　摄）

他一急，嘴上的水泡说来就来。就在记者刚到桃江县，联系胡喜明时，他就一直在开会，县上的人事、就业局局长都在，主题就是"公益岗位的规范化管理"。

他就是这么个急性子。获此评价时，还为自己辩解："就得有人干这个事，你上去了像打仗一样，没退路，你只能往前冲。"

脱贫之后

胡喜明习惯把头发剪成年轻人追捧的"寸头"，但仍遮不住大片的白发。

2019年，来北京领取全国脱贫攻坚贡献奖，胡喜明偏要坐高铁来，原因是出站就能换乘地铁，坐飞机浪费时间。初次接触胡喜明的人，确实会被他"拼命三郎"的标签吓跑。就连同事都说，"我们主任，一听我们要加班，他就高兴。"

其实，他还有另一面。那是心逐渐放松时的胡喜明。

陪记者下乡时，贫困户在接受采访，一转眼他就和这家的小孙子玩到了一起；吃饭的工夫，也不忘发布一条记录贫困户家山上美景的抖音，上面还俏皮地配上了几个字，"桥通了，鸡养好了！"

"接地气，不讲形式，像邻家伯伯。"这是来自一位当年被胡喜明治掉"懒病"的贫困户的评价。

胡喜明的这种性格特质，也早就延续到了他制定的诸多政策上。他在村里推行"一月一宣传"机制，"就不是那种很严肃的会议形式，把扶贫政策跟你讲清楚。"胡喜明也参与过，每次都出人意料，农闲时参与的人很多，有时还搞个有奖问答，奖品就是牙刷牙膏之类的小物件。

也正因为胡喜明的倡导，桃江县通过脱贫模范户评选，激发贫困户内生动力，呈现出变"要我脱贫"为"我要脱贫"的新气象；创新提出的"幸福安居工程"，也让全县近800户特困户搬入新家；他还倡议整合利用扶贫、农商行等14个部门的系统数据，建立数据共享机制。

这项工作，比省里实施的基础数据平台足足早了一年。

眼下，他又有了操心事，桃江的百亿竹林产业，如何与贫困户的就业紧密结合。"这是脱贫后的致富秘笈。"

而提到他自己，胡喜明有一个心愿，有关儿子，可他没有继续讲下去。

这几年，不时有媒体来访，"有担当、有情怀的扶贫人"的报道铺天盖地。但在他看来，这些荣誉对自己好像没什么帮助，至少不能消除对儿子的歉疚。在儿子最需要父亲的那些年，他却选择了做"别人的家人"。

他的另外一个心愿，旁人看得清楚。打赢脱贫攻坚战后，他只希望：放下这一切，全身心地参与到儿子的生活里去。

他为儿子感到骄傲。县上不少村子的文化墙上，都有儿子的画作，那些以乡村振兴、美丽乡村主题为背景的涂鸦作品，让不少沉寂的村子又"活"了过来。

这是他与儿子心离得最近的一次，这让他恍惚觉得，父子俩彼时是在同一战线：他在让乡村走出贫困，而儿子，则在接上这一棒，让乡村变得更有活力。

十八年后，再回大山

　　在外务工18年，"打工人"张明康最终踏上了回家的路。

　　上海、江苏、山东……从1998年起，张明康几乎踏遍了祖国的各大省份。"打工人"这一时下流行的称呼放在2016年的他身上，不是带着自嘲意味的网络热词，而是实实在在贴在身上的标签。

　　彼时，张明康的老家竹元村从遵义市区驱车到达要花上5个小时。偏僻、荒凉、原始，竹元村人散居在奶子山、太阴山、太阳山三座山以及三山相连而形成的两沟之间，数不清的山石、望不尽的森林和吹不散的浓雾将937户人家隐于山中，外面的人唤竹元村——"高原孤岛"。

清晨的竹元村（王启慧　摄）

0，32.22%，876——孤岛之"孤"

"高原孤岛"的贫穷把竹元的祖祖辈辈困在了山坳里。

高山和稀有的耕地使得竹元缺乏发展经济产业的先天条件，而高崖、深沟、陡坎、窄壁、急弯，复杂的地形把竹元人和外界隔离开来——山里人很难走出去，山外人不愿走进来。

没有支柱性产业，竹元村村集体经济收入一度为0，贫困发生率32.22%，年人均纯收入只有876元。

养猪是张明康一家9口人的主要经济来源，但要在竹元把猪肉卖出去，得"求人"。肉贩子挨村挨户去养猪户家里收猪肉，唯独不去竹元。竹元村山路崎岖难行，住户分散，翻山越岭去竹元收猪肉？犯不上遭那罪。

买方市场，竹元人只得妥协。早上6点，张明康喊来七八个交好的朋友，合力把猪抬到距家20公里的观音寺大桥，肉贩子只答应在那里收竹元的猪肉，再往里一步，他们也不愿多走了。下午3点，从蜿蜿蜓蜓、杂草与泥土冗杂的山路走下来，村民用10个小时才能到达约定地点。即便是这样，在外面猪肉收购价格达到10多块钱的时候，竹元的猪肉收购价只有5块多。"你们这个地方太远、太难走了。"

竹元村过去的泥土路
（谢佳清　供图）

肉贩子通常还要抱怨上一会儿，张明康和村民们赔个笑脸，再花几个小时走回山里的家。这"求"来的买卖也是他们"求"来的生活。

孤岛之"孤"，不只是车轮上的距离，贫穷还带来了衍生品——自卑。"竹元的穷那是'高山上打锣——名声在外'，村里人不敢说自己是竹元人，觉得没面子。"张明康想到这，心酸和委屈涌上心来。"那时候是历史性的穷，吃水靠水沟，连电都没通。"没有电，只有天涯和明月，这就是张明康印象里的竹元夜晚。看不到希望，张明康决定离开大山，去"外面"谋生，这一走就是18年。

在外打工多年，张明康不是不想结束"漂着"的生活，可每次回家，山还是那座山，路还是那条路，竹元还是那个竹元。在外面城市日新月异的时候，竹元似乎从未改变——天色暗下来，山里也暗下来，张明康对家乡的希望也黯淡下去。于是，他每次回到家乡，又每次"漂"去了异乡。

在"孤岛"上修出一条路来

从"高原孤岛"到现代城市，热闹和繁华没有让张明康的内心感到丰盈和踏实。打工18年，离开家乡的不踏实感让他越发感到孤独难耐——"回家！就算没钱，回家心里也踏实！"

山乡自有山乡的美。终于，在年近五十的时候，张明康决定为了心里的踏实感结束漂泊，回到大山。谢佳清就是在张明康回村的2016年，被遵义市检察院派来当驻村第一书记的。

张明康做好了"继续穷下去"的心理准备，但他从没想过，正是他回去的这一年，竹元的改变也一起来了。他记得，谢佳清来家里的那一天。

张明康与谢佳清合影
（王启慧　摄）

　　"怎么会忘了那天！谢书记来动员我们修路，修路是我们竹元人盼了几辈子的愿望，我们当然愿意修！"那是2016年7月，竹元村要修路的消息传遍了三山两沟。

　　来做竹元的第一书记，帮助这个穷了几辈子的深度贫困村脱贫，恐怕光能吃苦是不行的，女检察官谢佳清早早就给自己打了预防针，但车越往山里开，她心里就越凉——这村子太偏远了，路几乎就在悬崖边上，坐在车里的谢佳清攥紧了车里的安全把手。

走进大山
就走进无边的空寂和孤独
贴近土地
我便无法逃离她的苦痛与忧伤
……

到达竹元，谢佳清写下了这首诗歌，孤独和寂寞是竹元带给谢佳清的第一感受，但已知晓了竹元穷苦的痛，她就不能视若无睹——要为贫困的竹元寻找出路。

"竹元之苦首先在于出行之苦。"她知道，要想富先修路，要让这个村子活起来，要让山货有路出去。

但是，要做到村民组公路之间"组组通"，不可避免地会从村民的自留地上过，意味着要让村民捐地出来。谢佳清想着，那就必须去村民家里挨家挨户做思想工作了。可让她没想到的是，几乎所有村民听到修路都跟张明康是一样的反应——支持！并且村民自愿筹资投劳，无偿捐地。

"书记给我们争光，我们要给书记争气！就是要蛮拼苦干去修路。"两年过去了，张明康提起修路依然兴奋。

张明康捐出了两亩地，村民们一起凑钱租挖掘机，40个村民组同时动工，在悬崖绝壁上修建了总长62.4公里的一条通村公路和21条通组公路。如今，人若站在高处，就会看到一条条公路如同银带一般飘落在竹元的山间，这公路是竹元的宝贝，也为竹元带来了更多别的宝贝。

公路连接了山里山外，肉贩子可以到村民家里上门收购了。"现在只要我们想卖，天天都有人来收。"同年，政府向竹元村推出"特

竹元村的村组公路在山间纵横交错（胡志刚　摄）

惠贷"支持村民发展自己的产业，村民可以申请5万元三年无息贷款。既然不愁销路，张明康放心大胆地向政府申请了贷款，用于购买生猪。仅靠养猪，张明康一年就赚了2万元。

　　在"高原孤岛"上修的这条路，让孤岛不再"孤"，它让竹元与世界开始真正见面。

重塑竹元

　　贫穷不光打压着生活，也在消磨着竹元人的信心。荒坡沙土给竹元的选择不多，最适合种植的也就是核桃和高粱了，可偏偏竹元就连种核桃都没成功过。难道竹元就是天生的穷命？谢佳清做了二十多年的检察官，凡事要求严谨、讲证据，她找来专家研究后发现，不是竹元不适合，而是曾经种下的那批苗有问题，村民们的种植方式也有问题。

竹元必须有自己的产业，核桃收益高，必须重新种下去。乘胜追击，有了路就不愁销路。她向汇川区政府申请了核桃树苗项目资金，免费发给村民去种植。但是竹元人已经失去信心，万一核桃仍然不挂果怎么办？

谢佳清决定"逐个攻破"，她找到几个村民组开动员会，准备先让这几个村民组做出成果，那么全村就能看到希望，再铺开去种。时值年关，谢佳清回到遵义家里过年，计划年后就开始种植核桃。就在一切都看似顺利开展的时候，她接到了村里老书记夏时乾的电话——村民反悔了。

"我们以前种过核桃挂不出果的！今年再种也是一样，占着地不结果子，我们怎么活？"谢佳清知道，村民们一旦决定了的事，再怎么劝说也没用了。

可是，区里给的项目资金已经买了苗，就等着种下去了，而且眼看着快要错过栽种的季节，大年初五，谢佳清赶回竹元，转战动员别的村民组。

在外打工多年的张明康相信科学种植，也绝对信任这个为村子修好路的第一书记，他二话不说就申请认领了核桃树苗。但仍有村民半信半疑，他们在动员会上问谢佳清："如果这次不挂果怎么办？"情急之下，她便大声地承诺："如果不挂果，你们的损失全部由我负责。"

然而，意想不到的事又发生了，谢佳清的身体亮起红灯。十多年前她做过的恶性肿瘤切除手术又检查出癌前病变，医生要求必须马上手术。

"如果我走了那批核桃可能就完了，群众会认为干部在骗他们，村委会以后就难以开展工作。"思来想去，谢佳清决定先瞒下来，跟医生确定了先服用激素延迟手术的治疗方案，但是大剂量服用激素会严重损伤肝肾，谢佳清抱着最坏的打算，回到村里与时间赛跑。

那段时间谢佳清满脑子想的都是研究核桃和其他项目跟进的事，80岁高龄的父母频繁进出医院，丈夫生病住院，女儿面临大学毕业后是继续学业还是择业的选择，自己也面临员额制检察官评选，再加上身体，这一股脑的事儿让她应接不暇，积压了满腹的愧疚和委屈。

"家里的事照顾不上，要是挂不出果我还要赔偿50万损失，压力真的太大了！"

好在种下去才三个月的核桃开始挂果，谢佳清从核桃试验基地

经谢佳清努力，茅台酒厂在竹元村及所在镇修建了高粱收购仓（王启慧　摄）

回到村里，关上宿舍的门，一个人在房间里痛哭了一场。她把挂果的图片发到朋友圈，有村民留言：书记呀，核桃树上都挂满你的影子了。

4亩地，一亩42棵树，一棵树能结果20斤，按照市场价20块钱一斤……张明康算着，光靠核桃都比在外面打工挣得多！除了核桃，还有一亩有机高粱，这是谢佳清请专家到村指导，为茅台集团种植的有机红高粱，高粱收购价从过去一斤1块多变成4.6块。此外，他偶尔还会接镇上、村里的工程活，一天能挣300—500块。"我出去挣钱，家里的猪也在家给我挣钱。"张明康越想越高兴。

张明康的腰包是彻底鼓起来了，村里也有钱了，电通了、村里修了大水库，政府给村民翻新了房屋。"以前是历史性的穷，现在是历史性的改变。我不会用语言表达，但我们竹元人常常问自己，为什么会有这么大福气？"张明康眼睛里的热泪几乎要涌出眼眶。

谢佳清制定了竹元村历史上第一个整体发展规划，足足有40多个项目，包含基础设施建设、产业发展、未来规划等，幼儿园、卫生室、教师周转房……漂亮的竹元村已经有了新生活的模样。目前，竹元村的集体经济从0增加到62万元，贫困发生率从32.22%下降到0%，年人均纯收入从876元增加到1万多元。

谢佳清重塑了竹元村的面貌，也重塑了竹元人的信心。

勤劳的人值得更幸福

张明康是见过世面的人，山外生活的文明、干净让他感到舒适。回到竹元之后，他亲手盖起了一幢房子，整整齐齐的瓷砖、顶漂亮的设计，进到室内，窗明几净，楼梯处还铺上了脚垫，二楼卧室也

竹元村通了电，放眼望去这星星点点的灯火人家，都是一个个脱贫故事（王启慧 摄）

竹元村修建起了整齐的房屋（王启慧 摄）

收拾得干干净净。

　　谢佳清来他家很惊讶，说他把城里的卫生习惯带回来了。事实上，在竹元，村民从未有过保持卫生的意识。谢佳清第一次去村民家走访时，床铺很乱，鸡鸭都在屋子里走，随地排泄。"几乎下不去脚！"这让有些"洁癖"的谢佳清感到恼火的同时，也下定决心整治竹元的精神文明面貌。

　　从精神上改变，一定程度上要比从物质上还要难，这是在向当地人几十年的生活习惯发出挑战。从2018年起，谢佳清和村委会干部们设计组织各种活动，评比"文明之家"，对卫生做得好的家庭发放大米、油盐等奖品，对卫生不好的家庭提出批评。

　　隔三岔五，谢佳清就要去村民家里检查，发现谁家脏乱，她就真生气，直到村民把家里收拾干净。后来村民一见谢佳清在路上，就喊谢书记来了，赶紧回家收拾卫生！

　　做这一切，谢佳清是有更深层考虑的。竹元现在是脱贫了，但是要生活富裕，实现乡村振兴，竹元还没做到。漫山遍野的经果林、天然的石林、夏季凉爽适宜的温度，这是发展旅游的绝佳条件，通过旅游带动竹元再向上发展是绝对可以的。到那时，像张明康这样在外打工又渴望回乡的人就可以放心地回到家乡发展事业。

　　可是她不想贸然实施，竹元人必须养成卫生文明的习惯，才可能留得住游客。但是现在，竹元还没准备好。

　　村组公路虽然修好了，但复杂的地形让竹元离遵义市区还有3个小时车程的距离。太久了，这180分钟极有可能把游客挡在竹元之外。"高速公路从我们邻村团结村那有一个匝道，如果高速公路的延长线能够拉通的话，那竹元就可以进入一个高速车道，去遵义市区只用半小时。"这是谢佳清目前在做的事，她要为竹元争取到这个

张明康在自家房屋前（王启慧　摄）

"高速车道"——"这就是竹元下一个'快进键'"。

张明康和谢佳清都有一个感觉，身上还有一股劲没全使出来。

竹元村民对今天的生活的知足，正是谢佳清的担心。"他们勤劳勇敢、淳朴善良，值得过更幸福的日子，如果止步于此，我不忍心。"她还有更大的期待和规划——把竹元真正打造成美丽乡村。这一切，才刚刚开始。

而对张明康来说，他也有自己的目标。当年女儿想考军校，家里钱不够最后只能放弃，这是张明康永远的自责和遗憾。"有多少文化就能见多少世界。"他打算再多养一些猪，再养一些牛，村里也很支持他，筹备帮他在后山修建一条产业路，方便他扩大养殖规模。这么好的政策和环境，张明康觉得自己没有理由不努力赚钱致富。

未来，孩子们无论是想在城市立足还是回村发展，作为父亲他要在精神和经济上都给予足够的支持——不能再让孩子们因为穷产生任何遗憾了。

张明康已经50岁了，家乡的浓雾薄云好像一辈子都没变过，这让他感到自由和平静。漂泊近二十年，年轻的日子都献给了山外的世界，可一生中最好的时候好像才刚刚开始——以后，他不必再去外面看世界，世界已经来到他眼前。

草原"穷窝窝"脱贫记

　　10月中旬，河北省张北县德胜村夜晚的温度降到了冰点以下，玻璃早已经上了霜。草原天路两旁的植物已经做好了入冬的准备，褪去水分变得枯黄。今年的淡季格外早，挤压了本该热闹的旅游季。

　　7月到9月是坝上草原的黄金时节，作为民宿的老板，秦国智今年夏天本该有几万元的房租收入，但是一场新冠疫情打乱了他的计划。

　　比他还着急的，是张北县德胜村党支部书记叶润兵，"大年初四我们就开始了防疫行动，不仅仅是秦国智，全村几百户，家家有本

河北省张家口市张北县德胜村冬季的大棚（张佳琪　摄）

游客们来到德胜村（石炎夏　摄）

难念的经。"

叶润兵面庞黝黑，一道道深深的皱纹刻在脸上，高大的个子，挺拔的身姿，给人"很可靠"的感觉。三年来，设计脱贫思路、土地流转、引进光伏、带领村民承包大棚、拆迁为村子建民宿，一路走过来，叶润兵更清楚"脱贫"两个字的实施不易。

质疑的声音

简陋的砖房土房、坑坑洼洼的沙土路……脱贫以前的德胜村，资源匮乏、常年干旱缺水，大片的农作物低产、减产，对于世代居住于此的农民来说，这是一种长期的生存游戏。"靠天吃饭"是德胜村的真实写照。

深陷贫困的村民守好自家一亩三分地就是一辈子最大的追求。养几只牛羊，耕几亩土地，盼几场甘霖，一晃就是一辈子。很多村民没有见过大棚，也没有听说过光伏和集体经济，更不知道离开这片土地，外面会是什么样子。

美丽草原上，这里曾是一个"穷窝窝"。

德胜村有耕地5500亩、草场7000亩、林地3900亩。"人均耕地面积、草场面积、林地面积都不少，但就是不挣钱。全村的建档立卡贫困户占到了一半。"叶润兵说。德胜村共有443户，2013年时有建档立卡贫困户212户。

日子靠天吃饭，但许多年轻人"不认命"。他们一个个离开村子，到县城或者更大的城市去学习、工作、生活，"空心村"的形容准确，也带着凄凉。

很难想象，距离德胜村不到200公里的地方，高楼林立、财富聚集，那里叫作"北京"。

"村子里留不住人，因为没产业，那就要搞产业。"想为村子打开脱贫致富的大门，产业扶贫是必经之路，这也是叶润兵脱贫的思路——把村民土地流转出来，把产业引进来。

一开始，叶润兵最担心的就是搞产业。"产业该搞什么、怎么搞？风险有多大？这些都是问题。"向前走一步，就会出现一百种质疑声。

"咱们村适合发展什么产业？""外面企业我们不了解，骗了村民跑路了怎么办？""发展产业是好事，关键是村民能不能支持？""如果流转土地或者拆迁，是否会因为村民们反对声很大而搁置？"村委班子的问题一个接着一个，"砸"向了渴望寻找出路的德胜村。

贫困户们更直接地站出来投了"反对票"。

秦国智是村上一户很能干的村民，长期和土地打交道的他有着一双宽大的手掌和黝黑的皮肤。秦家6口人，十多亩的"大田"种着莜麦、亚麻。"我家现在种田很踏实，踏踏实实干就能填饱肚子，引进什么产业我也干不了。"

叶润兵心里清楚，种田每年只盼着天公作美换来一场好收成，但村子这么多年往往天不遂人愿，老百姓全年的辛苦依然换不来几个钱。

村民、领导班子，各有各的顾虑。但经过村委和企业、村民的多次商谈，叶润兵看到了做产业的可行性，也渐渐听到了村民渴望脱贫致富的呼声。

望着村子贫瘠的土地和村民们常年低效劳作变得粗糙的面庞，叶润兵下了狠心，先从最容易掌握且最具当地特色的产业入手——大棚和光伏。"与其说村上养牛羊、种作物，收成不好靠天吃饭，不如把土地都集中起来，以大棚的形式种植本地特色的微型马铃薯，

德胜新村的"花田"（石炎夏　摄）

并进行科学化管理。"

"作为'坝上地区'的张北县，日照充足是一大优势，把太阳能利用好也能脱贫致富，带来稳定的收入。"自此，叶润兵把微型马铃薯和光伏太阳能产业带到了村子，村集体经济"步履蹒跚"地起步，迎来了"零的突破"。

"要"土地的故事

此时，最要紧的是"土地"。

村民思想守旧，田地是家家户户的命根子，流转出去就好像失去了家园。"有些农民会觉得种一辈子地，现在突然没有地种了。"叶润兵理解创业带来的阵痛，但是为了引进产业，一定要把大片的土地集中到一起并完成流转。"说服村民便是最难的事儿！"

2017年3月的一个傍晚，秦国智忙完农活回到家。寂静的屋外响起了清脆的敲门声，是叶润兵登门拜访。"老叶来了"，秦国智开门迎接。

一见到秦国智，叶润兵没顾上休息片刻，就开门见山地表达希望老秦将土地流转给村集体，发展集体经济的事。土地，流转，产业，一听到这几个字，秦国智却脸色一沉，断然拒绝了叶润兵的"无理要求"。热络的氛围瞬间凝固。

"我家祖祖辈辈种地，让我一下子把自家的土地拿出来，一拿就是十多年，我不接受！"随后的几天，秦国智还"拉拢"了同村的几户村民，一起反对书记"要土地"的行为。

"多数村民只看到眼前小利益，而没有看到集体的、长远的大利益。"叶润兵苦恼的是，这样的心态是德胜村村民的缩影。

作为一村的书记，叶润兵知道，"顽疾"不可急攻，只能缓治。从此，叶润兵便开始隔三岔五地去秦国智家登门拜访。"要发展集体经济，村民一个都不能少。老秦是个'硬骨头'，我要做的就是先打动他。"

就这样，不知跑了多少趟。

"承包一个大棚毛收入4万多元，除去建设成本和承包费，一年纯收入也有2万多元。"

"光伏是咱的'铁杆庄稼'，一年辛辛苦苦种地每亩收入300多元，咱们搞光伏每年每亩给400元，你说值不值？"

"咱们都是一村人、一家人，我想做的就是让全村都富裕起来。"

那段时间，叶润兵成了秦国智家的常客，不仅总以兄弟相称，也谈家长里短，聊自己为村集体建设的初心，给秦国智算经济账，晓之以理、动之以情，一点点融化了秦国智心中的坚冰。

最终，秦国智认同了书记的想法，在流转合同书上签了字。

此后，秦国智不仅积极响应，而且开始主动帮助书记劝导其他村民流转土地。就这样，叶润兵得到了80%村民的同意，第二年又解决了剩余20%村民的土地问题，顺利完成了土地流转工作。太阳

河北省张北县德胜村光伏板下，村支书叶润兵（左二）同村民一起挖药材（王英军 摄）

能光伏产业和微型马铃薯种植大棚"千呼万唤始出来"。

对于德胜村而言，光伏产业被称为"铁杆庄稼"，因为它是"兜底性"的。建成之初，村里的两座光伏电站一年便为村集体带来收入62万元。这些收益会通过不同形式支援给贫困户，让"两不愁"得到最基本的保障，而"微型马铃薯大棚"则为村民带来了"撸起袖子加油干"的劲头。

建起来的"幸福村"

草原天路、张北草原音乐节、中都草原……在很多旅游爱好者心中，这些坐标早已耳熟能详。从地理位置上看，德胜村正好处于距离几处景点的中间地带，距音乐节的地点是10公里，距草原天路14公里，周边还有塞纳都景区等，发展民宿旅游得天独厚。

嗅到商机的叶润兵很快提出了兴建"德胜新村"的想法。最初的德胜村和周边的几个村落，都是典型的农村平房，其中许多房屋已接近"危房"。

最初的拆迁工作，可把书记愁坏了。前期土地流转时，"家家有本难念的经"，就让村民口中"靠得住"的老叶费尽了心思、想尽了办法。这次拆迁，村民们更是安土重迁，守着自家祖祖辈辈的小院，不愿意拆迁建新房。

对于叶润兵来说，拆迁要比流转土地"难上十倍"。

"母亲病重要照顾"、"楼房里不能烧炕"、"平房住惯了不想搬"……贫困户刘忠就是当时的"反对者"之一。再多的理由，在叶润兵看来，都只是三个字——舍不得。

田地或许可以看作是"身外之物"，但房子对于村民来说就是"根"。刘忠在村上有4间"砖包坯"土房，祖祖辈辈都居于此，家中还有一位八十多岁病重的老母亲要照料，微薄的收入让他每天"掰着手指头过日子"。

尽管叶润兵已经为拆迁安置，谋划了万全的方案，但在刘忠眼中，一丝一毫的变化都可能让他的生活天翻地覆。

"我老娘八十来岁了，楼房不能烧炕，怕老母亲受不了。我就愿意种点地，在自己家里给老娘养老。"刘忠质朴的感情，只是对家的守护。

"家里的旧泥房太危险啦，地震晃晃、下雨漏水。""拆了房子能拿十几万的补偿款，换新房老娘也不用担惊受怕"，"咱还能住养老

一人多高的太阳能板下的闲置土地成为徐亚茹种植中草药的"创业沃土"（石炎夏　摄）

社区'幸福苑'"，为了让刘忠转变思想，叶润兵已经记不清到他家里做了多少次工作，推心置腹了多少回。

"我这么苦口婆心地做工作，始终打动不了他的心。"最终刘忠家的拆迁问题，还是搁置了下来。

一年后，刘忠的母亲因病去世。此时叶润兵上门慰问，"当时也就抱着慰问和关心去看看，随口又问了问拆迁的事。"真诚和执着似乎成了解开心锁的一把钥匙，没想到无心之问下，刘忠被老叶感动，丧事过后不久便同意了拆迁。叶润兵心中一块大石头算是落了地。

村子引进了有实力企业，以企业代建的方式，合并徐家村、马鞍架两个自然村，在徐家村原址上打造了一个占地440亩、集居住、生态旅游观光于一体的德胜新村，新建70至150平方米的独栋小楼和平房共96套，村民原来的宅基地拆迁折现后换购新民居，多退少补。土房从此变"别墅"。民宿像样子了，也就抓住了游客的心。

在刘忠的老房子上，民宿新居拔地而起。刘忠自己也没想到两年之后这里已经变得如此漂亮。盛夏时节的花海令无数游人驻足，干净整洁的二层小楼给了更多游客留下来的理由。

叶润兵还考虑把更多的产业和游客吸引过来。"和曾经的村子相比简直难以置信。"见证了村子脱胎换骨般的变化，刘忠觉得欣喜。选择了养老社区"幸福苑"居住的他，也体会到了脱贫之后带来的安心。

回家的年轻人

贫困村往往逃不出"空心"的命运。摘掉了贫困帽，本可以松一口气的叶润兵又担心起来，"最怕的是年轻人不来。"

村民徐海成家的二闺女徐亚茹生于1997年，大学毕业后，在石家庄市一家医院实习。

村里缺少新生力量，敏锐的叶润兵考虑再三，找到了徐海成。促膝谈心之间，吐露出了内心考虑已久的期许：希望徐亚茹可以回来建设家乡。

"如今的德胜村已经不再是当年的贫困村，各种产业陆续建起来，需要新鲜血液啊，年轻人有思路，也有出路。"叶润兵说道。

"我是被村子'召唤回来'的。"2020年6月，徐亚茹踏上了返乡的路。"这是一个充满希望的村子。我选择回来，是因为看得到未来。"徐亚茹回来的决心简单而真挚，她并不知道未来村子会建设成什么样，但是村子从贫困到富裕，老乡和村干部们为村子作出的贡献是看得见、摸得着的。

此时，徐亚茹面临的是新局面——新冠疫情常态化防控下，德胜村各项产业亟待发展巩固，她需要找到适合自己的发展思路。

"没啥怕的，就是理清头绪，好好干。"村里有大量的光伏产业，一人多高的太阳能板下面的闲置土地成了徐亚茹的"创业沃土"——种植中草药。

徐亚茹的第一份任务就是在10亩土地上试验种植红花等不同的药材，重启土地的价值。

10月已是张北县的农闲时节，徐亚茹开始学着为叶润兵分担一些村事务工作。"未来还会有1000亩地可以开发，如果这次尝试成功了，将来一定会为家乡的脱贫致富带来助力。"

不仅是徐亚茹，越来越多在外打工的年轻人也开始回来建设家乡，曾经的草原"穷窝窝"开始焕发新的活力。

"这在以前，真是不敢想。"叶润兵感慨道。

深秋的张北德胜村，办公室里回荡着欢声笑语，这是徐亚茹回村之后村委里最大的改变。她的办公室就在叶润兵的隔壁，63岁的老叶见证着也鼓励着23岁小徐的成长，他们都看到了希望。

老表吃上了"旅游饭"

　　傍晚时分，天边的云朵显现出一天中最美的色彩，江西省井冈山市茅坪镇马源村村民袁帮华从自家三层小楼内走出。连日多雨，门口路边一排整齐的树苗也吸饱了水，开始猛长。

　　这些树苗，原本是他栽在离家不远的茅坪河边的。

　　当时的情景，袁帮华依然记忆犹新——河道长满了杂草，旁边一片荒芜的红薯地，小孩进去瞬间就会被"淹没"在荒草中。下大雨的时候，河里的水会漫上来，红薯地变烂泥潭。

　　从深圳打工回来后，家乡多年来"一成不变"的样子让他非常着急——外面的世界日新月异，这个自己从小生活的村庄何时才能变得富裕美丽？

也就是在那时，袁帮华没事就去河道边割荒草，还购买树苗种在了旁边。直到2016年村内开始环境整治，这些树苗才被移植到了自家门口。

如今，红薯地铺上石子变成了广场，河道边砌上了石头，水流清澈，流过代表了马源村历史的"红军桥"和见证当地脱贫成果的"趣味桥"。

马源村村党支部书记魏成芳从2005年起就在村委会工作，中等身材、衣着朴素的他是个没有大学文凭的"土专家"，村里一草一木的故事都能信手拈来，只有与外地参观者交谈时流畅的普通话，才

儿童在马源村"趣味桥"上游玩（王子衿　摄）

让人觉得这名干部"不太一样"。

面对游客，魏成芳总要讲讲"红军桥"，和1927年毛泽东上井冈山受到"马源女婿"袁文才欢迎，并在茅坪安家的故事。

建于2017年马源村脱贫那年，供游客嬉戏游乐的"趣味桥"，如今也变成了孩子们玩耍的天地，以及老人在古樟树荫下聊天的场所。

2019年，马源村入选了全国乡村治理示范村镇，并获评江西省4A级乡村旅游点。魏成芳和袁帮华之间的"纠葛"，也和这个村庄的变化息息相关。

验收前一天，"老袁"的房子才拆掉

老房子被拆的那天下午，袁帮华的妻子有事不在家。回来看到眼前景象，气头上的她和袁帮华吵了很久，觉得丈夫被村里干部骗了。

地处黄洋界脚下的马源村，有很多红色的元素——随处可见的红灯笼，基本每家都种、每顿饭必有的红辣椒，"红军桥"、"红四军小道"等遗存，即便受疫情影响人数有所减少，每日前来寻访红色足迹的游客仍络绎不绝。

红色为菜肴增香，也让当地村民的生活更有滋有味。

依托当地打造的研学基地，有接待条件的村民每家都开起了民宿，袁帮华就是其中之一。倘若客满，可容纳42人的民宿将为这个家庭带来日均超1000元的收入，这也是在外打工所不能比的。

一切得益于马源村近年来搞的秀美乡村建设。

生于斯，长于斯，魏成芳对家乡的景色和红色文化非常自豪。

身着红军服前来马源村的游客（王子衿 摄）

不过，"再好的风景，也要有人来才行"，要建设秀美乡村，发展红色旅游，拆违拆临是一项必须要做的工作。

房子乱七八糟、养猪养牛的棚子一堆、露天厕所味道难闻……袁帮华也知道，想要真正让家乡吃上"旅游饭"，这些肯定都要有所改变。不过，道理都懂，顾虑也重重。

从出生起就住着的九间房，如今说拆就拆，如果只是魏成芳一拍脑门的想法，这阵"风"刮过，自己没了老房子怎么办？家里的柴火、农具又要放哪？"我的柴火放你家里吗？你家里不拆，为什么拆我的？"老房子拆迁整治，袁帮华和妻子起初舍不得，妻子反对尤甚，甚至和魏成芳红过脸。

"老袁你出门在外，思想观念更新得快，我跟你聊聊，你能不能配合一下工作？"

马源村进行老房拆迁时的情景（魏成芳　供图）

对于魏成芳来说，"聊聊"是打消村民顾虑的"武器"之一。

只要有足够的耐心，将自己所做的一整套长远规划告诉大家，让他们知道打造一个美丽卫生的环境，让游客来了更舒心，最终受益的还是自己，大家都会支持村里的工作。

前后去了七八次，耗时一周后，魏成芳终于做通了袁帮华的思想工作，在乡村旅游点检查的前一天下午，才完成了拆迁工作。

"村里做规划一定要谨慎，想好长期规划并确定切实可行后再做。""万事开头难，但如果把工作实实在在做好了，老百姓还是能理解。"为此，魏成芳还走遍了江西省几乎所有美丽乡村建设工作较好的村庄，最终设计好了马源村现有的规划。

如今，新修的房子专门留出地方堆放柴火，袁帮华也已经不再外出打工，在家门口吃上了"旅游饭"，夫妻二人从心底里对魏成芳这个"后辈"充满敬意。

"以前我的心这么小，他们鼓励我，我的心就有那么大"

和袁帮华不同，村民雷光明更希望时间能够按下"两倍速"，早点住进还在修建中的新房子。

莲蓬采摘已经过了大半，叶子开始枯黄，池塘成了鸭子们的游乐场，雷光明也可以稍微松一口气。

回忆过往，他需要喝口茶才能平复心情。刚泡好的茶色泽金黄，口感清凉芳香，这是他和妻子今年从山上采摘的野生新茶。

"山上"曾是雷光明的收入来源和住处所在。

7岁时父母离婚，雷光明和妹妹跟随父亲生活。由于家境贫寒，酷爱读书的雷光明只上到二年级就不得不辍学。

2015年之前，雷光明家种的稻谷只能维持温饱，冬天去山里挖冬笋，一天能挣10块钱就是很好的收入，一年所有收入加起来不超过1万元，山中矮矮的两间平房是一家人唯一的住所。

雪上加霜的是，雷光明的妻子患了糖尿病，需要长期看病吃药，女儿和儿子上学也是一笔不小的开支。2015年，雷光明被识别为建档立卡贫困户。

大概是觉得生活无望，雷光明曾经过了一段"混沌"的日子。因为一点小事和村里人吵架，不愿意通过劳动去赚钱。因为村里救助贫困户时没给自己发钱发物，他还曾找到魏成芳要"讨个说法"。

村里红色旅游发展后，有接待条件的村民通过发展民宿增收了，

马源村内莲蓬大部分已采摘完，鸭子在池塘中游过（王子衿　摄）

像雷光明这样没有接待能力的该如何脱贫？如何激发他们的内生动力？脱贫之后怎么能长期不返贫？魏成芳有点发愁。

马源村有 11 个村民小组 19 个自然村，全村耕地面积 980 亩，林地面积 7800 亩。山清水秀，炊烟袅袅，任谁看，这里都是一幅世外桃源的怡然景象。

不过魏成芳觉得，对于生活在其中的"老表"们来说，如果还要为生计发愁，再好的景色也无暇欣赏。只有抓住"产业是根"这个关键，借势已经发展起来的红色旅游，聚焦发展富民产业，才能真正把脱贫后的日子过红火。

最终，依托马源村的研学基地和乡村旅游建设，返乡创业、来村投资、来村旅游的人越来越多，也带动了太空莲、黄桃、猕猴桃种植等一批富民产业的相继培育，马源村的每一户农户都在产业链中获得收益。

雷光明就通过种植太空莲看到了希望，日子也有了盼头。

"我今天给你1000，你就用了这些，也不去搞点东西，国家再救济你也是没用的。""别人的孩子也要上学，也有父母要养，他们为什么要帮你？那是因为你一开始会有困难，要帮助你们自己发展起来。"魏成芳隔一段时间就要跟村里贫困户"聊聊"的话显然也在雷光明身上起了作用。

莲子好吃，莲蓬却不好摘。雷光明早早起床，穿上防水裤和长袖外套，再戴上手套，清晨五六点便骑上摩托车去田里，下地后就不见踪影，只能看到比人高的叶子微微晃动。

"采莲南塘秋"的浪漫他不懂，只知道如果不小心，梗上的刺便会划破皮肤。趁着日头还不太大，要赶紧摘好莲蓬，晚了口感就不好，也不容易脱壳。

雷光明种了10亩太空莲，其中8亩的莲蓬在距离马源村32公里的黄洋界景区卖，剩下2亩则留在村里，供游客采摘或购买。满满一碗莲子10块钱，重约8两，需要剥7或8个莲蓬，雷光明和妻子坚决不用袋子封口，以便让游客买到最实惠的莲子。

售卖莲子之外，雷光明还有个护林员的公益岗位，一年能有一万余元的报酬。加上妻子在村里做保洁的收入，除了建新房还剩下的一点债务，雷光明终于觉得自己肩上担子轻了很多。

"以前我的心这么小，他们鼓励我，我的心就有那么大。"这个只上了小学二年级的汉子，头发已经花白，说话仍然透着点文艺。

2017年2月，江西省人民政府批准井冈山脱贫退出，实现在全国率先脱贫"摘帽"。魏成芳编的顺口溜里那个"田不多，山不富，走的是泥巴路，住的是土坯房，村民一年到头转，生活还是跟不上"的马源村，正在成为过去。

马源村景色（王子衿　摄）

魏成芳在工作之余参加马源村志愿服务工作（魏成芳　供图）

2019年，马源村共接待学员2万余人，接待户户均增收近3万元、村集体收益超6万元。即便受疫情影响游客与往年相比有所减少，这里基本每天都仍有研学或旅游的人前来。

眼下正是农忙时节，村里人大多早出晚归，只有夜晚九点多摩托车、农用车经过的声音，和主人回家时狗的叫声，才会打破村庄的宁静。

倘若在闲时，村民会在如今铺上石子变成广场的"红薯地"散步、健身。对面山脚下，"红色最红，绿色最绿，脱贫最好，高质量发展"的字眼引人注目。

魏成芳这个"资深"村干部，依然很忙。

走在路上看到小石子，会下意识踢到路边；绿化带内植物长势不好，要安排人看看是否需要喷洒农药；看到八角楼景区外的花坛不错，会惦记着在马源村也装一个类似的设施……

为了吸引更多的游客在村里过夜，魏成芳还计划着增加体验类的内容，让客人可以"走一段红军路，吃一顿红军饭，听一段红军故事，唱一首红军歌，晚上看一部红色电影，开一场篝火晚会。"

袁帮华舍不得离开家乡，加入了村里的治安大队，让游客来村里居住、旅游都能安全放心，还计划着明年在自己的民宿中加入康养项目，推广中医文化。

雷光明准备明年改种20亩经济效益更高的铁莲子，儿子毕业后如果愿意就送他去当兵，为国家作点贡献。

心里的读书梦依然还在。空闲的时候，雷光明还会在一个软皮笔记本上认真写写字。有时候是诸如"告别了年少，酸甜苦辣全尝到，慢慢变老！"等随想，有时候是看江西本省新闻后做的摘要。

女儿马上要大学毕业，也算以另一种形式补上了他曾经的缺憾。

五星村：诗与远方

"郝队长，你们稍微等一下，摘完这几个，我就过去。"

站在自家石榴地忙着摘果的正是五星村村民杨俊，50岁的他身材不高，常年干农活的皮肤有些黝黑。他麻利地从地里回来，手上拿了几个熟透的石榴，"尝尝，自家地里长的，软籽甜。"驻村第一书记、扶贫工作队队长郝天民把石榴放在手里掂了掂，个大的足有一斤重。

看着杨俊脸上的笑容，他背过身小声对记者说："他现在的状态跟我初次见他，判若两人。"

"桃花源"里的贫困村

从滇西大理州府所在的下关镇出发，开车沿洱海的湖岸线往东绕行，在快要接近双廊镇时，不进镇上，沿山上的"S"形小道连续爬升一个多小时，直到树林消失，一座座二层小楼显现出来，翻新的墙面上出现清晰可见的"精准脱贫"标语——五星村到了。

身材高大、一身T恤加运动裤打扮的郝天民等候在路边，他是五星村扶贫工作队队长，两年前，原在大理州旅游开发区管委会任职的他来到五星村，正式接过了驻村扶贫工作的接力棒。

五星村村容（孙冰洁　摄）

郝天民（左）与五星村的贫
困户交流（孙冰洁　摄）

　　"比刚来时瘦了，头发也白了不少。"这是郝天民周围的同事聊
起他时经常谈到的一句话。

　　"我得赶紧看看今天要入户的资料。"来不及寒暄，郝天民便匆
匆回到位于村委会的办公桌前，打开存在电脑桌面上的贫困户文件
夹，今天是工作队入户核查的日子，出发前他要再确认一下要去的
几户家里目前存在的一些情况，马上要去的杨俊家就有一桩急事等
着他解决。

　　杨俊，是郝天民初次接触扶贫工作后在五星村走访的第一位建
档立卡贫困户。在他的手机相册里，至今都保存着一张摄于4年前
的照片：照片中身材不高、瘦弱的杨俊与2岁的儿子站在一栋茅草做
顶、年久失修的土坯房前，眼神黯淡。郝天民记得初到杨俊家那天
正下着雨，冬天的云南室内寒冷，杨俊和两个孩子围在火塘边烤火，
锅里煮了一点小芋头。杨俊一直背着手缩在灶膛前："不敢拿出来招
待，害羞。"

当时郝天民试图向杨俊了解一下情况，"但感觉他整个人都没什么活力，也不愿意说话，我心想这可咋办。"郝天民的初次扶贫就开了个不怎么顺利的头。

扶贫是郝天民这几年工作的主旋律。他在村委会有个办公室，墙角立着一个柜子，里面放满了关于扶贫的各类报表、救助材料以及贫困户子女的就学信息、农村危房改造等资料。2014年开始，村里按照上级要求对贫困户进行建档立卡，此后，村委会的办公室就被这些文件夹"攻占"了。五星村的村干部一共4人，加上3个驻村工作队员，村里能抽调出的人手共7人。那两年，他们常常忙到夜里一两点，才有了现在这些记述巨细无遗的扶贫资料。

平常大多数时候，这座位于山中的村子安安静静，和山下环绕洱海、店铺林立的村子形成鲜明的反差。地处我国边境县和世居少数民族最多的集中连片特困地区——滇西边境山区，大理的五星村、石块村等一直是脱贫攻坚的主战场之一。山水带来的旅游福利没有辐射到这里，五星村全村622人中，建档立卡贫困户就有近200名，约占全村总人口的三分之一。

跟村民们吃住在一起泡了两年，郝天民逐渐明白，扶贫工作只能脚踏实地慢慢来。

"我们这是地处偏远，山高谷深，穷！"本地人在解释这里为什么贫困时，经常会用这句话来概述。在2012年底通往五星村的公路还没修好前，要靠马驮着粮食，走上两天才能到山下的镇上，"一次只能驮一百来斤，要把粮食瓜果一趟趟运出去卖，这其中的劳力成本你算算？"

聊到此处，一旁的郝天民刚送到嘴边的水杯停顿了一下，他看了一眼远处的山，将杯里剩下的水一饮而尽。"走，去杨俊家看看。"

从万念俱灰到种植大户：杨俊脱贫记

"老杨在家吗?"

郝天民站在院子里，熟络地朝一边不远的地里扯着嗓子喊。

"他不是在家里，准是在地里。"频繁入户让郝天民对杨俊的行踪了然于胸。

听到郝天民的呼唤，正在地里的杨俊立马放下了手头的活，回到小院，把几个刚摘下来的石榴塞到郝天民手里，又急忙搬出板凳，热情地招呼客人坐下。

这种态度和郝天民初见他时形成鲜明的反差。"我头回去他家时，他就差没拿笤帚赶我了。"郝天民半开玩笑地回头看了杨俊一眼。杨俊抱歉地笑了笑，又招呼郝天民："来，尝尝石榴，今年的格外甜。"

郝天民所说的那段时间，正是杨俊记忆里"最灰暗"的日子，日后在郝天民一次又一次的上门探访中，关于杨俊的故事才渐渐明晰：他原本就家境不太好，母亲有病，自己到快40岁才娶到一个改嫁过来的媳妇。妻子嫁过来后的几年间，因为生病、看病，前前后后花了不少钱，到第四年，"吃不了苦"的妻子带走了家里所剩不多的积蓄后杳无音信，留下了一对儿女。

大女儿上中学要用钱，小儿子才4岁正需要父母在身边照顾。没多少文化的杨俊赚钱的手段不多，或者外出打工，或者多承包土地种地。而前者需要离家，后者需要人手，两个条件他都不具备，生活的重压令这个正值壮年的男子一筹莫展。"家里只有几亩薄田，种点玉米和蔬菜仅够糊口。我那时候真的可以说是万念俱灰，干什么都提不起劲，甚至想过就这么混日子算了，混到哪天是哪天。"

杨俊在石榴地里采摘石榴
（孙冰洁　摄）

　　郝天民此时的出现可谓正逢其时。他想给杨俊的不仅是直接帮扶，更是一种长远的脱贫思路。从外到内，循序渐进地把杨俊"扶上马、送一程"。

　　帮扶从改变杨俊家的居住环境着手。2016年，郝天民为杨俊申请了住房改造经费，杨俊家原本那座"下雨时需要拿脸盆接水"、摇摇欲坠的土坯房被推倒，在原址上建成了一座全新的四间大瓦房。

　　杨俊还记得，新房落成那天，他买了一大串鞭炮，郝天民和平

杨俊家的老房子（杨俊　供图）与新房子（孙冰洁　摄）

时不怎么来往的街坊四邻都聚集在他家门口，大女儿终于有了独立的生活空间，脸上露出了难得的笑容，他看着小儿子在房前屋后快乐地奔跑，眼眶止不住地发酸。

住进来后，杨俊每天都要把屋檐下的平台打扫得干干净净，摆上桌椅和瓜果，"门面就像是脸面，不能丢脸。"

新房子有了，杨俊的精气神也上来了，在郝天民和村委会的帮助下，他先后种了8亩石榴树和5亩桑树，又买了1头牛，喂了5头猪。

回忆这几年的经历，杨俊有时会陷入沉思，望着远方的山林像是自言自语地说道："如果没有这个政策的帮扶，我不会有今天的日子。但是不能只靠帮扶，自己也要下苦力去把生活搞起来。"

杨俊说，这些想法上的转变是郝天民常年来家里坐坐带来的潜移默化的结果。过去的几年里，他已经记不清郝天民来过几次。有时是来摸底排查，有时是来宣讲政策，但大多数时候就像是到老乡家串门，聊聊天，就是在这样一来二往的过程中，他们之间建立起信任感，这个不善言辞的庄稼汉子开始向他倾吐一些心事，也慢慢地开始接受他的一些建议。比如，一定要让孩子读书，供孩子上学。

在杨俊家门旁贴的一张《2019年家庭收支明白卡》上，对这个三口之家如今的生产经营活动和收入明细有着详尽的统计，这一年，他们一家的全年总收入为21769.98元，达到了大理州现行脱贫标准，摘掉了"贫困户"的帽子。

大山深处的回响：山货打开新销路

在杨俊脱贫的同一年年底，大理市下辖的五星、石块、伙山三个山区村寨也正式脱贫摘帽，退出了贫困村行列，但"脱贫不脱钩"，从州到县的扶贫工作依然在继续。

在杨俊等贫困户看似线形的脱贫故事背后，其实是一整套政策铺排。以五星村为例，作为大理州脱贫攻坚的主战场之一，首先是大理州的"四班子"（即州党委、州人大、州政府和州政协四个领导班子）主要领导直接挂钩深度贫困乡镇的脱贫攻坚工作；到县一级，则实行县级领导挂片联乡包村和部门包村机制，所谓"挂包"不是单纯挂个名字就行了。

郝天民所在的大理州旅游管委会就有专门挂钩的乡镇，几乎每个职工在村里都有挂包的贫困户，一般是一人挂5户，平时贫困户家里有什么困难，需要解决什么问题，都需要挂包人负责沟通协调，解决不了的要向上级反映。"有时候贫困户家里遭了灾、生了病，或者农产品滞销了，干部职工帮忙解决是常有的事。"

10月的五星村正逢石榴成熟季。今年石榴长势不错，个大籽满，在杨俊家的地里，随便掰开一个，都能见到红如玛瑙的果实。如果按照往年的行情，这样的石榴从不愁卖。但疫情多多少少还是冲击了这个偏远的山村，由于出口不畅，批发商也减少了进山收购的频次。杨俊正发愁石榴卖不上好价钱，郝天民这几天也在为这件事奔忙。

"我们村有几个老乡，还有一些石榴没卖出去，能不能来帮帮忙？"

听说杨俊家的石榴销售受阻，当天下午，郝天民就打电话联系了几个熟识的批发商，并召集了村里几个做电商的年轻人。

"你们能开的最高价是多少？"听着批发商和杨俊等种植户在一旁迟迟为定价不能达成一致时，原本在一旁没发话的郝天民提高了嗓门。

电商在打包要发货的石榴（孙冰洁　摄）

全场沉默了一下，郝天民接着又说："能不能以不低于批发价的价格把这批货卖出去，至少也要让辛苦了一年的乡亲们做到保本。"

听到这句话，原本一筹莫展的杨俊眼睛里渐渐有了光彩。

最终，生意谈妥了。

当天下午，郝天民和做电商的刘成就把杨俊家新摘的几百个石榴拉到了储藏室，分拣、打包，以高于市场价的定价在网上销售，"4到5块钱一斤，比批发收购的3块钱均价高了这么多，真是想不到啊。"杨俊不住地感叹。

等卖完了这批石榴，杨俊打算给孩子买身新衣服，再带他们到洱海边玩一玩，孩子长了这么大，他们还没有机会去一趟游乐场，而这在过去的杨俊眼里，"想都不敢想"。

为了让五星村的石榴产业发展壮大，村里特意在村委会旁专门设置了电子商务公共服务站，配备了电脑与储藏室，供电商们使用。

"贫有百样，困有千种，战胜贫困的方案则有千万种。"郝天民始终坚信这一点，时值11月，距脱贫攻坚整体收官只剩不到两个月的时间，对于已经提前完成脱贫攻坚任务的五星村来说，脱贫还只是第一步，未来的路还很长。最近，他正琢磨着怎么做直播，对这个已经年过五十的男人来说，直播对他来说还是件新鲜事，而为了给杨俊等更多的老乡销售出更多农产品，他愿意做这样的尝试。

"从长远来看，要想摆脱困境，村民们还得靠这一方水土。五星村的生物资源丰富，物产很多，关键是怎么盘活，要想办法激活村庄。因为对村民来说，以更好的产品与外面的市场进行交换，获取回报，村庄才可能赢得持久的生存和发展的空间。"郝天民说。

大湾女儿的"金算盘"

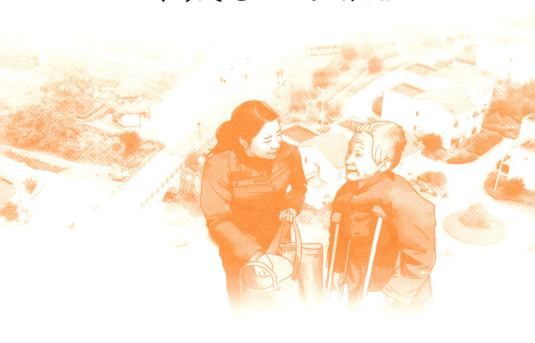

  驱车在大别山区中穿行，七拐八拐的山路晃得人头晕。

  车子爬上一条逼仄的小路，再拐过弯后，眼前豁然开朗，大湾村的景色映入眼帘。

  村民的新居采用徽派建筑的主色，脚下的柏油路平坦，路旁的停车位整齐充足。徘徊在山顶的薄雾浓云和深秋时节的标志性红叶，是对大湾村秋季最美的诠释。

  大湾村很有名。这里有着"一寸山河一寸血"的悲壮战斗历史，也曾是贫困深深扎根的穷苦土地。

大湾村旧貌

大湾村新貌

水泥路绵延在重山之间，山风卷起山林的清香吹进村民杨习伦家的民宿，他正和妻子肖细雨在屋里忙活着。民宿小楼宽敞明亮，一应设施不输县上的酒店，杨习伦不时地回想，若不是被当作纪念保留下来的旧屋，又怎能想象曾经那个"被石头绊了脚，让茅草割了颈"的大湾村呢？

比房子变得更快的，是思想

大湾村穷，杨习伦家是穷中之至：他家的房子几乎可以称得上是危房，生活条件极差，家徒四壁，全家人提不起赚钱的劲头，在村里"家喻户晓"。

穷则思变，杨习伦不是没找过出路。他先后辗转多地打工，每月收入微薄，甚至只能勉强维持出门在外的花销。打工期间，杨习伦邂逅妻子肖细雨。

肖细雨来自湖北黄石，那是一个比大湾村富庶得多的地方。

她笑着说，一开始自己不想跟着杨习伦一起回来，村里惨淡的模样让她绝望，娘家人更反对她嫁进来受苦。天气晴好的时候，杨习伦上山砍柴伐树，将将赚出全家人一天的花销。刮风下雨时，他就躲在屋子里和妻子"大眼瞪小眼"，熬过这一天。

有人打趣肖细雨，"你真是嫁给了爱情！"

爱情有了，可是面包呢？

大别山区，看不到尽头的远山似乎成了贫困疯长的温床。穷了这么多年，这日子还能说变就变？杨习伦不信，带着满满怀疑和审视瞪着前来对口帮扶的余静。

余静是大湾村党总支第一书记，是个走路快、说话更快的"大

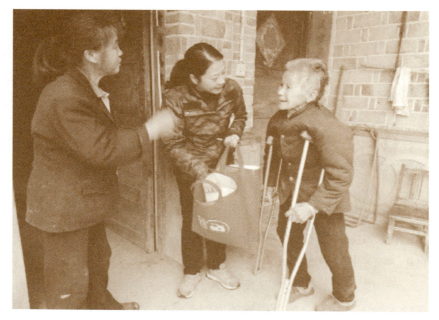

余静（中）走访村民

忙人"。余静很好辨认，她个子不高，模样清秀，穿着简单朴素，披肩的黑发绑成一条马尾辫，皮肤被日光晒出了健康的麦色。

此前，不少人谈及杨习伦时，都喜欢加上"懒汉"两个字。都说他是个没事就蹲着晒太阳的懒散汉子。

余静不喜欢，甚至很排斥这两个字。

"没人愿意过穷日子，只是没有解决内心深处最大的问题。"找不到出路、看不到希望，除了凑合一天是一天，还能怎么办？余静分析，解决他的后顾之忧，才能唤起他赚钱的动力。

在农村，很多人一生的命题就是房子，杨习伦也不例外。余静认真介绍着易地扶贫搬迁的利好政策，可杨习伦听不进去。

"主要是思想的问题，接受不了、想不明白。他觉得，我土生土长在这里住了这么久，凭什么要搬走?"大湾村党支部书记何家枝回忆道。

从村部到杨习伦家老宅的路程颇费脚力。余静已经数不清往杨习伦家中跑了几次，算账、劝解、分析……有争吵有不快，余静不想多说，"要对着他的点来，要深入实际地做工作，要结合他家的实际情况分析给他听，把利弊分析给他听，让他自己做选择。"

杨习伦心动了。

新家很快建好了，就在柏油马路边上，宽敞、明亮。

按照当地政策，杨习伦一家每人享有2万元的易地搬迁补助，再加上宅基地退出补偿等各项补贴，共计20万元左右，一家人几乎分文不掏就住进了新房子。如今，他和妻子又在余静的帮助下通过小额贷款发展了农家乐。肖细雨细心爱干净，炒得一手好茶，又做得一手好菜，农家乐有模有样，更有了好口碑。

山上的田地也没有被荒废，杨习伦带着一家人发展了天麻和蔬菜的种植。产品在自家店里自产自销，游客图个新鲜，吃得开心。光伏发电入股、"一亩园"工程和护林员公益岗位……他忙得不亦乐乎。

2017年，杨习伦一家正式脱贫，余静请他作为脱贫代表给其他贫困户鼓鼓劲。

"现在每天一睁眼我就知道自己要干什么，喂鸡、喂猪、打扫庭院，去田里看看菜能不能吃了……"赶上合适的季节，他还会带着父亲一起上山采茶。茶园变成了分秒必争的"战场"，吃饭和休息的时间也一再压缩，就为了多采茶多卖钱。杨习伦手里的活满满当当的，和此前那个闲散汉子判若两人。

大湾村旧屋新貌的强烈对比

2020年的"十一"黄金周期间，肖细雨的农家乐爆满，夫妻俩忙得不亦乐乎。她还邀请了自己的妹妹来到家里，尽情展示着自己如今的好生活。肖细雨心里还有盘算，等再赚点钱就把地下室好好收拾一番，这样吃饭玩乐就齐全了！

余静笑叹，比大湾村房子变得更快的，绝对是村民的思想。

"冤家"变成干女儿

大湾村有间小卖部。花生、瓜片茶、天麻果、干豆角是特色畅销品。

"大湾村自产自销"的牌子吸引了不少游客驻足选购。"我知道之前这里是贫困村，买一点也是给当地作贡献！"一名来自四川游客抓起两包干豇豆结账去了。

这两包干豇豆出自村中有名的贫困户汪能保，一位性格要强、倔强的老人。

汪能保能干，年轻时在外当兵，见识广、头脑活络。老伴张邦若勤快，将家里收拾得干干净净。

那些年，家里买了大湾村中的第一台彩电和第一部电话，生活至少说得过去。

十几年前，两位老人痛失爱子，备受打击，两个女儿远嫁，身边无人照应。肺气肿、高血压等慢性病让两人丧失了劳动能力。再加上每年6000多元的药费，汪能保一家返贫，生活如坠冰窖。

2015年来到大湾村担任第一书记后，余静和汪能保家结了对子，对口帮扶。余静笑了笑："我们的故事太多。"

"我刚来时，大湾村的干群关系并不像现在这么好。"余静坦言，

大湾村的小卖部（刘一获　摄）

不少村里的干部与村民之间的关系比较紧张，有的不过维持了表面上的和谐。

汪能保和张邦若性子执拗，有不满喜欢当面讲出来，说服他们并非易事，扶贫工作的开展磕磕绊绊。

余静和他们的小别扭与易地搬迁有关，也与内心干群关系的误解和偏见有关。但矛盾的爆发却是因为一件小得不能再小的事情。

汪能保新家位于大湾村的大湾安置点，这是一片新规划的小区。街道干净整齐，是大湾村客流最集中的地方，也是村子的"脸面"。汪家柴火很多，堆放得杂乱，余静担心影响村容，上手帮着收拾。却因柴火堆得过高，挡住了厨房的采光，张邦若生气了。

她铁青着脸，气愤地将余静刚垒好的柴火推撒在地。余静转头垂泪，委屈、难过。

但工作不能不做下去。大湾村脱贫的任务依旧艰巨，汪能保一家的问题必须要解决。余静后来反思，自己也有问题，"要将心比心，多一点时间听他们倾诉，多一点时间和他们交流感情。"

张邦若睡眠不好，余静买来了口服液；老两口闹了别扭，也是余静在其中积极协调。心里的疙瘩慢慢解开了。再后来，余静变成了这家的干女儿。

今年，汪能保晕倒住院。余静自掏腰包备齐了洗脚盆、毛巾等必需品，又帮着操持住院、看病、报销的事情，让老两口十分感动。汪能保逢人就说："余静对我特别好！像亲闺女一样照顾我，特别细心！"

值得一提的是，看病钱如今已不再是汪家的负担。

根据安徽省政策，贫困户在县域内、市级、省级医疗机构就诊，个人年度累计自付费用分别不超过3000元、5000元、1万元，被称为"351"政策。贫困慢性病患者一个年度内门诊医药费用，经基本医保等报销后，剩余合规费用由补充医保再报销80%，被称为"180"政策。汪能保是这项政策的首批受益者之一。

如今，每当余静来到汪能保家，老两口都要留她吃饭。"有次下雨的时候余静过来了，她的鞋袜都湿了。我就让她穿了我的走。我把她的鞋和袜子都洗了。"袜子磨破了洞，鞋底也裂开了缝。张邦若嘀咕，"这孩子也忒朴素了！"

最近，汪能保对余静又有了些"怨言"：怎么不上我家来吃饭了？你家人来了大湾村看你为啥不和我们说？你生病了为啥不让我们去看看你、照顾你？

"村里事情多，她太忙了！也怕给我们增添负担。"其实汪能保心里有答案，"但我真的心疼她。"

余静那双已经磨破底的鞋
（刘一荻 摄）

你好，新生活！

早上不到10点，大湾村的平静被10辆大巴车的喧嚣划破。一波又一波的游客"挤进"村里，"挤进"了旅店和农家乐。

汪能保早已见怪不怪，这已经是近几年来村中的常事。远近闻名的贫困村如今成了闻名全国的旅游地。他说，以后的游客一定会越来越多。

2018年，大湾村摘了"大穷帽"。2019年底，贫困人口减至4户8人，贫困发生率降至0.23%。

"仅仅是卸下贫困的包袱，我们的工作就滞后了。"刚刚脱贫后，余静就开始畅想大湾村的明天。

大湾村大湾安置点

　　"只有依靠乡村振兴，脱贫攻坚的胜利果实才能更好地巩固。"工作重点要围绕整个村的发展，甚至要跟住时代的发展。她描绘着自己心中大湾村最好的未来，那是一个山上种茶、家中迎客、白天工作、晚上数钱的小康村。美景吸引着全国的游客，农家乐里天天爆满。

　　余静已经见到了一些成效，这让她很欣喜。

　　截至2020年11月，全村共有民宿、特产店等旅游接待场所42家，2020年前九个月，大湾村接待游客20万人次，创收6000余万元。网线拽出了一条致富路。贫困户家的茶叶、食用菌、黑猪肉、土鸡蛋等产品走向了全国，在2019年取得了200余万元的销售额。除此之外，今年村上新建的大湾漂流成了"网红"，仅试运营一个月就吸引了不少游客前来体验。

　　附近矮山上竖起了5G信号塔，上网飞快，和市里没什么区别。每间民宿都接通了宽带，朴实、别致的农家小院让合肥、上海、杭州来的游客流连忘返。

　　"村民的想法真是不一样了，之前引进的扶贫项目无人问津，现在都争着抢着来参与。"这是不少村干部的心声。

　　2020年10月13日对余静来讲意义非凡。这一年，是全面打赢脱贫攻坚战的收官之年；这一天，大湾村民主评议会正式召开，对全村最后3户贫困户的脱贫摘帽进行评议。

　　"这是一件非常有仪式感的事情！"余静感叹，"感觉很多重要的节点都在细碎平常的生活中走完了，没有惊天动地，但是回想看来令人感动。"

　　"大湾村一户不脱贫，我坚决不撤岗。"2016年余静立下保证。如今，承诺兑现。

大湾村已成为全国闻名的旅游目的地（刘一获　摄）

大湾村民宿

大湾漂流

对余静来讲，大湾村是家，是奋斗的地方，也是挥洒过汗水和泪水的"战场"。"我想继续留在大湾村，发展产业、振兴乡村，继续陪着这里走得更远更稳。"

晚上6点，大湾村沉浸在晚餐和柴火的香味中。袅袅青烟告慰着一天的辛苦劳作。

晚饭后，广场舞像电流一样激活大湾村。这支队伍里有杨习伦的身影，不管舞姿如何，他跳得不亦乐乎，人比之前更开朗了。

家中，汪能保早早歇下了。明天他准备去山上拾柴火，给余静做顿热乎乎的饭菜。

山上是晚霞般绚烂的红叶，山下是大湾人家红火的新生活。

县里有个"羊银行"

年过半百，胡丛斌有多爱他的孩子，就有多爱他的羊。这一点，在甘肃古浪县黄花滩移民区的脱贫户那，早已不是什么秘密。

他从不吃羊肉，这是自己的"规矩"；也不想让人觉得养羊，是多苦大仇深的事。

脸色黝黑、语速极快，下午近4点，胡丛斌刚从最后一个需照看的羊圈走出来，戈壁滩上冷风呼呼地吹，连口水都没来得及喝，掏出手机就打给了李应川。作为古浪县黄花滩移民区兴盛种羊繁殖有限公司负责人，他放不下移民村里的每一户新羊倌，"他家马上要

一大早，胡丛斌在与羊管（羊场管理员）商量草料配比（王晶　摄）

产羔了，量还不小，不上心不行。"

　　胡丛斌笑称，自己是县上最大的"羊倌"。2017年岁末，古浪县计划组建一个国有种羊繁育企业，提出了"羊银行"的产业扶贫模式，向搬迁下山的贫困户输送种羊，让他们在沙漠谋生看到希望。

　　做过公务员，也下过海，"行长"一职，胡丛斌是最佳人选。

　　他理解为什么场里招不来年轻人，"地方偏僻，他们要找对象，还要寻求更大发展空间。"而与这些晚辈不同，胡丛斌的人生已走过半程，到了知天命的年纪，他的选择无关其他。"就是觉得踏实吧。"胡丛斌幽幽地说。

　　但在不少脱贫户那，则是另一种"说法"，"有了他，更踏实的，是我们。"李应川感慨道。

搬下山，天地宽

羊场总部，就建在沙地上。新修的水泥路，如一把利剑，由南往北刺进沙漠腹地，家喻户晓的八步沙林场就在10公里处。而远离移民区，四野空旷，看不到一个人，反倒是羊舍里的羊，为这里添了些生气。

推开接待室的门，房间很小，两个简易沙发和一个饮水机"撑"起了门面。屋内只有胡丛斌一人，眼前一杯清茶，桌上摊开一本《羊病防治大全》。这与外界冠以他的标签不太一样，没有叱咤商海的威风劲儿，更多的是谦和与平静。

所有的日程安排，都与11万只扶贫羊的起居"绑"在一起，老胡一刻也不敢放松。它们的存活、繁衍，关乎这个脱贫县的全部羊产业链条。他说自己并未在刻意等记者，平常查完羊舍，都会在这琢磨这些实用书籍。闷了，就去羊圈转上一圈，或找羊管说说话。

他从不喝酒，也不喜欢应酬。

为了保障扶贫羊的健康，他的胆结石手术推迟至今，媳妇也从县城学校调到附近，就连清明节给先人上坟都会缺席……而这些，都并非"邀功"，他也不喜欢讲这些。"事实都摆在那"，羊管们说，他们的场长，一周七天，除了睡觉，都耗在这儿。

这群扶贫羊的意义，有多大，老胡就有多紧张。

古浪县地处祁连山北麓、腾格里沙漠南缘，是国家划定的六盘山集中连片特困地区。2017年，古浪县先后搬迁安置南部山区11个乡镇88个村、6.24万人，建成12个移民新村和绿洲小城镇。

老胡也是南部山区的移民，只是在20世纪90年代搬来的，"靠老天爷的脸色吃饭，过去一年吃的肉加起来，都不如现在一天的

羊场总部有40栋羊舍，每栋管理300只羊（王晶　摄）

量。"彼时移民规模不同今日，但搬迁的理由却都一致：一方水土养不起一方人。

很多时候，产业扶贫这笔账，不单单是几个硬生生的经济指标摆在那。

下山后，不少贫困户在广场上打牌，"就觉得政府把他们养着"，最怕的就是这个。还有一位贫困户和他讲，"心里慌得很"。老胡被寄予厚望，打小受过穷，他比谁都清楚，"要让他们觉得这个地方生机勃勃，而不是黄沙漫漫。"

"羊银行"这个概念让人耳目一新，在整个甘肃首创。孕育它，在古浪有着肥沃的土壤。"一是自古就有养滩羊的传统，因肉质不膻而闻名，二是'贷母还羔'的模式，连羊一起投出去的，是思想。"

这一点，老胡觉得，县上考虑得实在，谁都骗不了。

贫困户以产业贷款作为押金交给公司，由公司向他们提供6到8

月龄30公斤以上的健康基础母羊。贫困户饲养繁育第一批母羊1年后，向公司返还同等数量和标准的健康基础母羊，其他的羊羔归贫困户所有，公司则退回其押金。

"为什么要还羊回来，而不是钱？"

"这羊给他了，他拿到市场上卖掉最少能赚500块。这种模式的话，我借给你的是湖羊（稀有羔皮羊品种），你不能随便市场上抓只还回来，我必须还要湖羊。"

这同样是一次产业大换血，"贷母还羔"，使贫困户各自拥有的羊的数量不断增加，品种优化，形成滚动发展。合同一签，监管单位是乡政府。

羊摄入玉米增加热量，胡丛斌每天都会检查玉米碴的质量（王晶　摄）

跨界"羊倌"

身边老友几乎没人支持老胡接手羊场，"不像装卸工你要出力气就完事了，是费人，把人的精力一点点消磨掉。"

能不磨人吗？"办公室"就在羊圈。

饲料配比不对，老胡一进来就闻出来了；羊的指甲长了，羊管看不到，但他听得清楚。不分四季，早上7点就开始检查羊圈，比如这天，记者赶到时，天刚大亮，他刚从另一个分场赶回来，风风火火，足蹬一双运动鞋，外衣的拉链都没顾得上拉严。秋天的西北冷得很，他冻得直搓手，一脸的憔悴。

老胡不是一般的养羊人。在古浪做教师9年，在政府当秘书6年，还搞过房地产。只是这些和养羊都毫无关系。"一开始我想起码我是农村长大的，见过喂羊，心里就挺轻松。"

但接手3个月后，羊的数量只有3000，"我感觉不对了"，羊开始出现各种状况，病的、死的，"那是大事情，羊不吃草了过两天也没咋，就是死了，兽医来了也说不清楚。"最难的就是这些日子，老胡就熬在羊舍里，哪也不去，到底是哪个环节出了错，"羊圈里100多只羊吃草的没几个，你说害不害怕？"

人急得"都要晕了"。困了，就在羊圈外还未建成的羊管房打个盹，"随时进去看，看吃得怎么样，喝水了没有。"老胡用各种招，"听来什么方法用什么方法，24小时陪着。"

而某些时刻，人比羊脆弱，老胡也会陪着。

"是'陪跑'！"

2019年10月，脱贫户李应川从老胡这"贷"走10只羊，两人就是在羊场结下的缘。过去，李应川常年在新疆打工，如今年过花甲，和老胡一样，也算"跨界选手"，"心里虚得很，但好出门，不如待在家嘛。"

老胡最担心的，就是这户。"疫情结束来的，临走时还给我留个条条，说我豆粕配比不平衡。"说话间，李应川熟练地将草垛解开，抱起来均匀地撒向食槽，羊叫声戛然而止。

而老胡来李家羊场，如今递增的37只羊对他也是这般"礼遇"。

"人来羊不叫，啥道理？"

"常来，熟悉着哩。"

老胡很不情愿回忆来路，滋味很复杂，一说眼窝里就有泪。

"你的压力从哪来？"

"怕它们出事，一只都不行。"

而养好羊，说到底是个寂寞的差事。羊产羔24小时不分时段。有后半夜下的、也有凌晨三四点下的，随时都要往羊舍跑。

不想让人看到这种紧张的情绪，手一甩，老胡索性站了起来，"你看，这都是我平时学的，做的笔记。"他从桌上的公文包里掏出整整11本笔记，3年，他自学了畜牧业和兽医两个专业的大学课程。

这不是做做样子。打开一看，笔记的认真程度让人惊讶，上面密密麻麻地记满了有关羊的病灶，本子是可拆卸的，可随时添加新知识，重点位置还贴满了便贴。他说用红笔勾画之处，都是反复要温习的。

"你没退路，你就得学。"

这个决心，老胡是在羊圈里下的，也说不清是为了谁，至少可以抵抗高压。

这还不是全部。老胡习惯随身带着一个公文包，"睡觉前要看，坐到办公室要翻，书到处都放"，他有些难为情，"在家泡脚，都捧

这些有关养殖技术的专业书籍，胡丛斌熟读于心（王晶　摄）

冯国安家的羊舍干净整洁，2020年他还打算再扩建（王晶　摄）

着书，提纲式的，快速浏览。"

"原来很盲目，感到喂料越多越好，这样羊就吃出好多毛病，再引到肺上。"

这都是他自己琢磨来的。

而除了病，遇上恶劣天气更是糟心，这也是老胡最怕的。2018年年底，黄花滩迎来几年不遇的严寒，"外国羊"刚刚投放，还没完全适应本地环境。"如果羊只受冻死亡，就全完了。"

在羊投放到贫困户家里前，老胡始终放不下。每年大年三十，县委书记也会来羊场。"没什么事可谈，就是在圈里说说话，给我做个伴。"

与阖家团圆相比，他不觉得苦，守在这儿，至少心安。

"储户"与"柜员"

富民新村是生态移民易地扶贫的搬迁点之一，这里曾是连片的沙海。

冯国安在政府补贴下建起了标准化的养殖大棚，也建在沙地，但他心里有底，至少有了立命的营生。他20多岁在工地打工时就认识老胡，如今换了角色，当年的贫困户成了羊银行"储户"，冯国安对老胡还是这个评价，"这个老板不骗人"。

扶贫产业具有社会属性，老胡常挂在嘴边的话就是，"一个人的力量能有多大。"但事实证明，没这个人不行，至少是"锦上添花"的事儿。

冯国安记得去县上"羊银行"抓羊的那天，一直在感慨，"没看过那么漂亮的羊。"西北人方言重，老胡解释说，"就是毛色好，看着精神"。

不仅冯国安，张口一问，附近移民村里的人没有不认识老胡的。不为别的，下乡讲养殖技术时，不喜欢拍照，却公开自己的手机号码，"告诉我们，羊有事一定找他。"老胡的羊课堂没那么正式，没有发言稿，甚至不分场合。有时还会悄悄去谁家的羊场瞧上一眼。

上一次老胡开讲，在2019年年底，冯国安忘不了，持续了3小时，就在自己家还没建好的羊圈里。也没通知大伙，都是口口相传，趴在墙头上侧耳听的，盘腿坐在地上的，还有抱拳站着观望的。他数了下，有将近40人，黑压压的一片。

一开始，冯国安心里不服，"以前在工地上，他是大老板，可能砖都没搬过，现在养羊能行吗？"老胡一开始站着讲，拿羊做示范，"拉回去3小时后饮水，水里加点适应性的药，实际上就是维生素，还要加点盐"，这都是老胡必须要交代的。

2小时后，一个板凳递了过来，坐下讲。47岁的冯国安是老羊倌，可老胡提到好几个新词，他都没听过，"就是有理，说把羊当娃养。"这话把大伙都逗笑了。

没人玩手机的课堂，最后不得不被迫结束于一场即将到来的风沙。

很多人意犹未尽，冯国安后来听说，好几户都抢着要去老胡那"贷羊"。"300只羊一年出两茬，能挣10万块。"这话最吸引人，冯国安和旁人反复念叨那句话："这老板真不骗人。"

确实，他连羊都不骗。

与冯国安的印象不同，羊管陈元庆觉得，"胡总是个急脾气。"场里优先招收贫困户做羊管，连续两个下午，和他同批进来做羊管的老伙计又被训了，就连分场长也被叫过来挨骂，原因很简单，"喂

陈元庆温柔地抱起小羊羔，要去喂奶（王晶　摄）

养达不到他的要求。"

　　也没人敢吃羊肉，"防疫考虑，怕带病菌进来，对羊不好"，陈元庆说，这是老胡立下的一条死命令。

　　但陈元庆不怕老胡，"他心是热的，常给我们拿鞋穿，羊圈费鞋。"母羊要和小羊隔离开，场里没板子，他就拿来原先搞建筑的材料用上。"羊管的积极性也被带起来了，把家里养过羊的羊槽取出来，省上一点开支。"

　　这一点，陈元庆是很佩服老胡的，"扶贫羊养得起劲，就让我们觉得有希望。"

　　陈元庆来羊场两年了，来拉羊的车越来越多，"隔几天就有一辆。"他明白得很，每拉走一车羊，就意味着，和他一样的贫困户有奔头了，他也觉得浑身有劲儿。

天晴了，胡丛斌就会把"外国羊"赶出来晒晒太阳。他说，这样会增加羊所需的营养元素（王晶 摄）

但他知道，这种感触，老胡比他更强烈。

脱贫之后

老胡说，这三年，是他这辈子压力最大的三年。

"你还怕什么？"

"他们全部家当都压在这儿了啊。"

2020年底，"羊银行"的扶贫羊已投放2.7万只，带动贫困户1400多户。老胡的电话仍不断，挂掉一个又响了，"都是养羊户，来问事情。"他们似乎没把老胡当什么场长，就像老大哥似的，有求必应。

5号移民点，40只母羊，一半染上毛病，老汉急得很，打电话求救，"兽医来了没管用，我给他开了一个方子，全活过来了。"

　　难得见到老胡得意的一面，说到兴奋处，像个孩子，在屋里来回踱步。

　　越聊越起劲儿，他给记者算了一笔账，前两年是扶持贫困户搞产业，现在帮移民村的扶贫公司、合作社，让集体经济发展起来。"人的思想观念变了，这个是长期受益的。"老胡预测，好品种投下去了，古浪县羊产业的黄金期，是在10年后。

　　这与他一开始的心态截然相反，"本来想干两年就走掉，现在说不清楚。"

　　古浪县是国家级贫困县，老胡为了减少不必要的开支，从法人到办公室主任，都是他一人；还从自己7万元的董事长工资里拿出5万，对工人进行奖励。

　　目前，这是古浪养殖领域最高的奖励。

　　老胡把人生看得很透，"说穿了，这就是个良心活。"自己年纪一把，该经历的也没少什么，而最后让他觉得感慨的，竟是生命的奇妙。

　　他说，羊圈里，必须有一个公羊在，对母羊的情绪起到极大作用。"她立马变精神了，还有那小羊羔，刚生下来，可爱得很。"这也让他想到小外孙，女儿一周带来一次，蹦蹦跳跳的，每次他都要叮嘱："你要操心了啊。"

　　这和他养羊是一个道理。

　　女儿让他别干了，他也不是没想过。他说，现在研发新品种的实验室建好了，等等，再等等年轻人来。

"临时家长"的操心事

　　星期五下午，中益乡小学门口热闹了起来，这所寄宿制学校的小学生们迎来了每周回家的时间。

　　山峦巍峨高耸、延绵不断，接连几天的小雨，让山里的气温比城区要低上几度。穿过人群、过桥，谭梓涵沿着一条盘山公路向山里更深处的家走去。

　　脚下这条通往家里的路没有变，从谭梓涵上学起，爷爷和她一起走了4年；但这条路又变了：以前，这是一条泥土山路，坑洼不平，尘土飞扬，遇上雨天，半只脚都能陷进泥里，即便是爷爷牵着，谭梓涵不小心在泥泞中摔倒也是常有的事。而现在，这条令人发愁的路修成了一条平坦的水泥路，摩托车、小汽车、电动车……村民们上乡镇赶集一路顺畅就能到达，到了放假回家的日子，路上都是孩子们追逐奔跑的身影。

这条蜿蜒小路，也成为重庆石柱土家族自治县中益乡脱贫的重要见证。

"Miss He是从重庆来的，以后就是我们的英语老师了，可漂亮啦！""奶奶，Miss He是特意考来我们学校的正式老师，她以后一直教我们，不会走的"……从中益乡小学到全乡七个村，孩子们从这里出发，迫不及待地把开学发生的新鲜事讲给家里人听。

最重要的事

深山至深，贫困之至。

大风起时，林涛阵阵，山风吼鸣，人们对原始森林的一切想象，这里都有。

这个位于"三山夹两槽"地带的乡镇，是重庆市18个深度贫困乡镇之一，这里的贫困发生率曾高达18.5%，土地零碎、土壤贫瘠、村集体经济为零……

在目之所及的更远处——武陵山区大风堡原始森林深处的光明村，就是谭梓涵的家。而中益乡小学，居于"三山夹两槽"的槽底，地处偏僻，山区沟壑纵横，从家到学校走路要用半个小时，家更远的孩子甚至要用一个多小时，求学路常常是"两头黑"——上学天没亮，放学太阳已经下山，碰上雨雪风霜天气就更加艰难。

谭梓涵回忆起一年之前，在太阳还未升起的清晨，从村里通往学校那条泥泞的路上，光亮像一根柱子一样从爷爷的手电筒里被放出，她就是借着这根"柱子"爬上了中益乡小学的课堂。一天2次，一周10次上山、下山，上山、下山……

在这里，求学路之难有了更具体的体现。

"你要好好学习，要加油啊！"谭梓涵忘不了，爷爷去世的前一天，叮嘱她的仍是要好好学习。也就是在最难的那段时间里，她也懂得了一个道理：上学是重要的事，是必须要上的，不管这条路多难走。

差距正在缩小

2017年，谭梓涵的上学路发生了变化——随着脱贫攻坚的展开，中益乡乡村旅游、产业基地发展起来了，水泥路也从乡镇修到了7个村落人家的生活里。为了能让乡村里的孩子们上学更方便，中益乡推进寄宿制建设，修建了可容纳144人住宿的中益乡小学学生宿舍。于是，在城里同龄人都还在父母庇护下生活的时候，谭梓涵就和其他40多个同学一起住进了学校宿舍，开始独立生活。

上学路的难题解决了，求学路上的难题还依然存在。

在中益乡小学，留守儿童的占比将近三分之一，曾经的贫困逼迫着这里的青年人走出大山，在外谋生打工，被留在这儿的多是老人和孩子。

贫穷拉开的不仅是乡村儿童和爸爸妈妈之间的距离，也拉开了这里与城市教育水平的差距。

从县城到中益乡，苍山环绕，云雾缭绕在苍翠之间，盘旋不尽的山间公路将车辆送往深山的更深处。

车辆穿过隧道，等驶出时，何丹顿感一阵凉意："山里的气温果

2019年8月，中益乡小学建设完成20间学生宿舍并扩建学生餐厅（王启慧　摄）

然要比城里低，这简直是一个穿越季节的隧道。"在隧道这头的中益乡小学，刚刚26岁的何丹开始了乡村教师的生活——这是她心中最向往的、最纯粹的教书方式。

很快，这个有着温柔的面庞、一双大眼睛的女老师发现，温度只是城乡间的第一个不同，而更大的不同也给她带来了更大的挑战。

教室里，何丹坐在谭梓涵身边，指着练习册上的"music teacher"问她这是什么意思，谭梓涵有点紧张，抿着嘴回答道：英语老师。何丹无奈地摇摇头，上周刚教的又答错了。

知识学到了，但是很快就忘记，这几乎是中益乡小学所有学生都在面对的问题。

"有爸爸妈妈在身边的小孩，学习有人督促，比如老师可以布置听写作业，请家长协助完成，可这里的孩子没有，就失去了'巩固复习'的重要环节。"何丹很快找到了问题的关键。

"即使是刚讲过的内容，不复习也很容易忘。"何丹一度很无奈。对这里的孩子们来说，学习英语是个很大的挑战。

教室里，何丹（右）指导谭梓涵（左）做英语练习题（王启慧　摄）

2019年，中益乡小学的学生才第一次接触英语。"不用说做题，连读懂题干都是问题，一个短句子他们都很难读完。"英语是一门陌生的语言。

何丹第一次上课时，总能引得学生哄堂大笑，起初她不明白笑声的原因，后来才发现，学生们总是把英语发音对照汉语取谐音。"比如pig，他们就会故意说成'屁股'。"何丹选择无视学生的调皮，希望让他们慢慢习惯这门语言，学着接纳它、学习它。

不只是英语课，从县城来支教的数学老师也发现，要求五分钟内完成的算术题，县城班里只有个别学生完不成，而在这里，仅有个别学生能够完成。语文老师也抱怨过：上周教的，这周又"还"给我了。更让老师们头疼的是，周末作业很少有人完成——"周一早上都是在教室补作业的。"

"他们都很聪明，只是基础太薄弱，读题都非常慢。"不少老师在交流中统一了看法——一是学校里约有三分之一的留守儿童，无人看管、隔代看管普遍存在，祖父母们大多只关心孩子们吃好穿暖，在监督孩子学习方面基本参与不了，有的学生回家后还要放牛、做农活，回家基本处于不学习状态；二是过去中益乡太贫穷，缺老师，更缺专业老师，往往一个老师要兼好几门学科，学生的学习基础太薄弱。

在中益乡脱贫的路上，教育脱贫被当作重点推进。新建的宿舍楼、教学楼明亮宽敞；助学金、各类补贴保障孩子有学上、上好学；师资在提升，支教老师一年一年不断地来；电子白板、多媒体设备进了教室，各类体育器材供学生使用。条件上的差距正被努力缩小，但老师们发现要想真正实现教育脱贫，必须要让学生摆脱学习基础"贫困"，让他们的基础"富足"起来、扎实起来，把良好的学习习惯培养起来。

2019年，中益乡全乡脱贫（王启慧　摄）

在同一片海域上，有人乘快艇，有人坐轮渡，有人只能自己划小船。何丹此前任职于重庆市一家课外辅导机构，去机构里上课的学生有的是为"冲优"，有的是为"补短"。而中益乡小学的孩子们没有这样的条件，他们唯一能够依靠的就是学校里的老师——他们与未来之间的"摆渡人"。

"临时家长"的操心事

晚上7点，中益乡小学的教室还亮着灯，不大的教室里，学生和老师还在奋战。

让校变成家，让乡村教师当好"临时家长"，是中益乡小学的应对之策。阻断贫困代际传递要靠教育，经济脱贫是第一步，"教育扶贫"才是更为持久的话题。在这场脱贫攻坚的战斗里，教师不能缺席，而在远山里的乡村小学，要想解决那一个个因为曾经的贫困而涌现出的问题，乡村教师往往要付出更多。

上完一天的课程，中益乡小学老师们的工作还未结束，他们需要在课后继续扮好"临时家长"的角色。教室的课表里，下午3点放学后是课后辅导时间，晚饭后是晚自习时间，直至晚上8点。

完成作业，培养学习习惯，对中益乡的孩子来说是学习上的"硬骨头"。

"那我们就尽量在课后的时间里'盯着'他们，陪他们一起完成，有问题当场就给他们解答。"利用这些时间，可以弥补因为基础薄弱而被迫放缓的教学进度，但即便是这样，目前中益乡小学仍要比县城里学生学习进度慢两节。

这是一个漫长且需要坚持的过程。何丹和同事们必须花更多的时间陪伴他们，做作业、答疑、查漏补缺，也唯有花更多时间去补足短板、努力追赶，才有缩小差距的可能。

让何丹欣喜的是，花时间下的功夫没有白费，并以她意料之外的速度反馈给她回报。

为了让学生开口说英语，何丹利用早自习给学生们放英语听力跟读，最初，何丹看到的是不知所措和一张张"茫然"的脸，但几周下来，她发现已经有几个学生甚至能够比录音更早地把句子完整叙述出来。上课时，也不再有人在她读单词时发笑，他们认识到了这是一门有用的"工具"语言，开始认真学习了，这让她感到欣喜。

"多学一种语言就可以去更多的地方！"谭梓涵在电话里跟妈妈说。

学生在学习，何丹也有新的东西必须要学。

这些10岁起就住校独立生活的学生不过都还是一些"小豆丁"，

谭梓涵担任班级图书管理员，正在记录同学借阅书籍情况（王启慧　摄）

如果不曾受贫困的苦，如果父母不曾无奈外出务工，他们本应拥有完整幸福的童年，也不必早早独立。可孩子就是孩子，总是需要大人照顾。"这些娃住在学校，吃也在学校，老师就是他们的家长呀！"有一次，何丹看到，一个学生发烧去办公室找老师，班主任摸头、测体温、带他去乡镇医院，这个场景让刚刚26岁的她真实感觉到——在乡村当老师，真的要学会去当一个家长了。

改变的力量

生活在改变，学习在改变，一个更大的世界正在孩子们面前徐徐展开。

"我长大以后想做一个记者。"在越来越多媒体关注到这个大山里的学校后，谭梓涵的理想悄悄发生了改变。在她的未来里，出现了一个更有趣的职业——记者。

"能见到更多的人，接触到更多有意思的事。"谭梓涵渴望自己能像他们一样，去看看外面的世界。

"我希望他们接受文化熏陶，通过学习、教育，让他们成为更好的人，做个堂堂正正的人，拥有自己理想的人。"何丹也曾是留守儿童，内向腼腆，学习成绩一般。

那时她在电视里看到加盟"小吃车"的广告，觉得自己学习不好就算了，将来靠这个能赚钱也不错。"但初二的时候，我的老师总是鼓励我，我开始对学习有了信心，成绩也开始变好，形成了正向循环。"也是在这个过程中，何丹发现了自己在英语方面的天赋和兴趣。

何丹把老师的关注和鼓励誉为一种"改变的力量"。如今，她也希望自己能给眼前这些山区孩子同样改变的力量。"让他们在学习中发现自己擅长的方向，看到自己更多的可能性，拥有更多可能的人生。"

更多可能性，更好的人生，是老师们希望通过教育给予学生的。"我们的学生都聪明得很，如果他们培养了强健的内心和专注学习的能力，以后不管去了哪里，他们都能很快拔尖。"中益乡的老师相信，如果有一天学生们走出大山，也会有和城里孩子一样充实、自信的人生——"因为他们后劲十足"。

外面的世界滚滚向前，袅袅青烟萦绕在大山人家的房屋上方，眺望山尖，天边开始泛红，太阳冉冉升起，新的一天眼看着跟随冉冉升起的太阳"冒"了出来，视线不远处的中益乡小学又响起了琅琅书声。

远山的回响

第二季

要有奋斗的精气神儿

"95后"把乡村记忆画上墙，惊艳城里人

　　夏日夜里，白鸭垴村乌漆麻黑，祥和宁静。打雷的时候，村里的河却怪得很，拉纤的号子、打石的声音……争相蹿出水面，好不热闹。更怪的是，岸上并无人，倒是有棵老樟树，有些年头了，树干粗得要几个人才能合抱住。

　　老人讲的这个故事，龚庭杰从小听到大，却百听不厌，每每沉浸其中。他老琢磨，河面这些声音真的存在吗？是不是祖祖辈辈干活时留下来的？打石、拉纤、船运……江面上，人们忙活的场面富有生命力，繁华而舒适。

墙绘中的乡愁

24岁的龚庭杰生在白鸭垴，长在白鸭垴。湖北宜昌宜都市的这个小村落分布在长江的一级支流清江畔，依山傍水，橘林成片。靠山吃山，近水吃水。明清以来，当地百姓沿江谋生，开山采石，开船运货，形成了由石帮、船帮、商帮组成的三帮文化，也在劳动之余创造出不少民间故事。

这些生活场景早已不复存在，但年轻的龚庭杰总被吸引，"人们各有各的活法，各有各的事情，为了生计忙得不可开交，却又自得其乐，是那么真实、有生命力，令人舒适，总能勾起人们心中的乡愁。"

他决定，拿起画笔，画出故事。

2021年夏天，艳阳当空，晒得树上的知了聒噪不已，即便是清江面上吹来的风，都难以消散白鸭垴空气中的燥热。龚庭杰身穿短裤短袖，头戴草帽，拎着颜料箱和画板，溜达到村口。

眼前这面院墙老旧，但横向颇长，适合墙绘。几天前，他已经征得这家人的同意——"给我搞好看就行，又不是搞丑，你画呀。"

把墙刷白后，龚庭杰用绿色颜料画出山坡，坡上接着多了一座红庙。乡亲们好奇，一个个围了过来，指着墙问："画的是什么?"等山脚出现了一条河流，岸上赤身的纤夫们逆流而上拉纤时，围观的人恍然大悟："江是咱们的清江，庙是咱们的三帮庙。"人们越发觉得有意思，有人给龚庭杰指出错误，有人给他送来水果。

龚庭杰画了三天，村口多了这幅墙绘"清江拉纤"图。此后半年间，"围炉夜话"、"小榨工艺"、"清江放排"……这些白鸭垴村的集体记忆被陆续搬到村里的墙上，化为五彩斑斓的墙绘，不仅给村容村貌添了色彩，又勾起乡亲们的回忆。

龚庭杰画的墙绘"围炉夜话"（陈锐海　摄）

白鸭垴的"宝藏"

"围炉夜话"就是当地人真实的生活图景。寒冬腊月，江边湿冷，夜里吃完饭，人们总围在火炉边，喝着水，聊聊天。炉火跳动着，把地瓜的香气烤到空气中，墙上挂着腊肉，小孩满地跑。

"小时候，时间过得很慢，冬天很长。"龚庭杰喜欢这个他生活了二十多年的村子，春暖花开去摘梨，夏日炎炎去捞虾，秋高气爽收橘子，寒冬腊月围炉夜话。山清水秀，生活舒缓，令人陶醉。

在武汉读大学的时候，他发现城里人总是低头赶路，不会停下来看看身边的风景，生活节奏紧凑飞快。放假回到村里就不一样，鸡犬相闻，路上遇到的是左邻右舍，彼此会打招呼，抽根烟。人们忙着农活，也顾着生活，"很有人情味儿"。

有了切身体会，龚庭杰发现，看得见山、望得见水、舒缓的生活、有人情味儿的交流、极具特色的风土人情，都是白鸭垴的宝藏。搞墙绘，是为了在城镇化的过程中，留住乡村记忆，守护好乡愁，这既是对当地人情感的尊重，又是乡村赖以生存发展的特色资源。或许正因如此，每逢节假日，城里的车才会开到这，城里人才会来看墙绘，看风景，吃农家菜。

龚庭杰把乡村记忆画上墙（陈锐海　摄）

打造"故事村"

守护好乡愁，才能留住根，龚庭杰深有体会。他留住乡愁的方法是墙绘，那是因为这是他最擅长的方式。

小学课堂上，他总走神，拿起笔就在课本上画起花草。中学看到同学在素描，他就站在旁边"偷师"，回去后拿起本子就开始学习排线条。龚庭杰发现自己喜欢画画，大学没考上心仪的美术学院，就报考了湖北工业大学的平面设计专业。在武汉念书期间，他把打工当作实践，给餐馆做墙绘，给酒吧搞壁画，挣了几万块钱。

毕业后赶上疫情，龚庭杰在家待了半年，工作没着落，他急得跟热锅上的蚂蚁似的，坐都坐不住。当时村委会正好有一个后备干部的空缺，他就报了名。此前寒暑假，他就经常在村委会实习，村里的情况也了如指掌，这个岗位正合适。

"年轻人能给家乡的发展注入新血液，带来不一样的想法和新奇的尝试"，龚庭杰希望自己能给老家带来实打实的收益。

近几年，白鸭垴的谋生方式有了变化。以往，人们在清江里搞网箱养殖，在山上养猪，清透的江水逐渐浑了起来。如今，长江全面禁捕，清江500米范围内禁止泊船，规模养猪场也有了环保要求，经过整治，清江水又清了，村里的经济来源却只剩下成片的柑橘园。

"我们的地方很大，资源很多，但没能利用好。"在龚庭杰看来，如何在保护绿水青山的基础上实现对生态资源的最大利用，让乡亲们稳定增收，过上更好的日子，是当前白鸭垴正在琢磨的事情。

好山、好水、好故事，有了这几个亮点，白鸭垴村决定打造故事村品牌，摸索一条生态文旅发展之路。

让城里人体验乡村日常

龚庭杰家正在往这个方向尝试。

以前家家户户都养猪，一养就是百十来头，爸妈就开了间猪饲料铺，人来人往，生意好得很，压根顾不上到处跑的龚庭杰。但也是这门生意，把他供到大学毕业。

几年前，响应环保政策，村里成规模的养殖场少了，饲料铺也关了。爸妈把岸上的房子装修了下，搞成了农家乐。清江水从家门前缓缓淌过，阳光一泻而下，江面波光粼粼，岸上成片的柑橘园结满金黄的果实，有人忙着剪橘子，有人挑着橘子走向山道。山路旁，

白鸭垴的柑橘园（陈锐海　摄）

黄牛正吃草。

每逢节假日，城里的车沿着弯曲的山路，开进白鸭垴、开到清江畔。父亲性格随和开朗，端茶倒水招呼客人，母亲在厨房里围着灶台转，菜做好了，奶奶就给客人端上桌。江面的清风拂面而来，城里来的客人喜欢跑到地里，挖洋芋、捡板栗，带着孩子体验劳动乐趣。

城里人的体验，是村里人的日常。龚庭杰祖祖辈辈就生活在清江畔，以打石、拉纤为生。父亲一辈子几乎没出过大远门，他喜欢白鸭垴的生活，"安静，简单，干活了，有饭吃，人就满足"。跟客人聊天时，他感受到人们的压力，"房贷、车贷、竞争激烈、工作难找"。他知道，人们需要来山水间放松。

龚庭杰看出其中的机会。"展示出白鸭垴鲜明的特色，才能吸引城里人来消费。否则，千篇一律，人家就没必要大老远跑过来。文化自信，你首先要自信，你要觉得这个东西是好的，才能感染别人。"他认为，墙绘只是一个形式，它把白鸭垴的文化特色具象化，一目了然，容易变成本地标签，说起白鸭垴就想到画，想到背后的民间故事和风物人情。

但这只是开始，村里通了路，江水清澈，山林毓秀，农家乐也有了两三家，但人们往往看看风景，吃个饭就走了。龚庭杰想：要是能留住人，住个三五天就好了。他希望挖掘出更多"宝藏"，创造出更为人们所喜爱的乡村文旅，让村里人的日子更丰富。

"硬核"侗族大哥复古传统牛耕：
在祖先的创造里找答案

下着小雨的情舍山云雾缭绕，缥缈又神秘。

山脚下，错落有致的吊脚楼依山而建，鸡犬声声。洋洞村的一户人家在办喜宴。"腌鱼、香猪肉、糯米饭、牛瘪汤……"一道道热气腾腾的侗族村寨美食正在上桌。

"有牛哥"杨正熙也来了。他个子不高，身着一件黑色对襟侗布上衣，外罩印染花纹的蓝色侗族布衫。搭配一条蓝色牛仔裤和一双白色运动鞋，显得简朴轻快。

可能触目皆为绿水青山，知命之年的他，眼里依旧浸满真诚。

"守农，守农……"从门口到入席就座，乡亲们用侗族话唤着"有牛哥"的乳名，亲切又有些腼腆。他也微笑着点头，一一回应。

守农与洋洞村，一个离开又归来的故事。

皆因一粒种子

黔东南黎平县，曾是国家扶贫开发工作重点县，当地的侗族和苗族群众以农耕为生。

"有牛哥"杨正熙出生在黎平县洋洞村，在家排行老二。出生后的很长一段时间，他不知道自己的生日。后了解到与一位亲戚的孩子生得相近，便推算出出生于1970年的夏天。

一直以来，考上大学，走出这座贫困的大山是父母对他的期望。

后来，认真读书的"有牛哥"成为村里第一个大学生。从贵州农学院毕业后，杨正熙先后担任黎平县国有林场副场长、岩洞镇镇长、镇党委书记等职务。

事情的转折发生在2011年的秋天。

那年，时任镇长的杨正熙下基层走访，在岑卜村的一户农家做客时，尝了一碗这家老人自酿的米酒。"这种酒纯度高，喝起来口感好极了！"时至今日，杨正熙还是赞不绝口。

然而，当第二年他再次登门拜访，想要商量开发这款酒时，已经酿不出来了。因为老人去世了，其他人嫌酿酒的稻谷产量低，没人愿意再种。就这样，用来酿酒的岑卜村高秆小麻红米绝迹了。

"我当时心里咯噔一下，特别后悔，要是早去的话是不是就能留住它了？"杨正熙怅然道。

侗族是最早种植水稻的少数民族之一，也是贵州省农业传统保存最好的民族之一。每颗种子都有它独特的基因和价值，是人类先民的智慧结晶。

为了能把这些种子保留和传承下来，经过一番思想斗争，杨正熙决定辞去镇党委书记职务，成为一名科技特派员，专门从事种子的收集培育工作。

这些年，杨正熙走访了当地800多个村寨，收集到260多个种子品种。

2014年清明节前夕，杨正熙碰着一位村民挑着最后一担紫米稻谷下山，准备全部加工成米，来年不再种了，这意味着又一个谷种要彻底消失了。他赶紧把剩下的稻谷全部买下来。就这样，国家多次农业普查都以为已经消失了的"胭脂米"被发现了。

杨正熙正在黎平种子生态博物馆查看收集来的稻谷（张翼晶　摄）

这款比普通米粒略长，顺纹有深红色米线，煮熟时色如胭脂、饭香扑鼻的胭脂紫米带给杨正熙启发和信心，他开始探索老品种的市场价值。

"将收集来的老品种交给村民牛耕种植，'活化'保育，再寻找销路卖出去，是不是可以为百姓创收呢？"杨正熙思考道。

于是，他捧着致富的种子回归故乡。

打造牛耕部落

因为特殊的地理生态和文化环境，洋洞村还有很多村民坚持养耕牛。"既然收集来的是老品种，就应该用古老的耕种方式保留特色，体现它的市场差异性。"杨正熙说。

于是他将买来的胭脂紫米交给有牛的老乡种植，因为采用"牛耕+牛粪+牛草+放鱼+放鸭"的"复古牛耕"方式，取名"有牛紫米"。

种植第一年，因"有牛紫米"绿色健康，营养物质含量高，几万斤很快被卖完了。种植户每亩收入3000多元，是市场上"有机米"平均价格的3倍。

"有牛紫米"打响了名声，吸引了更多村民想要种植。为了把收集来的种子活化保育，增加更多村民收入，2015年，杨正熙在家乡成立"贵州有牛复古农业合作社"。

侗寨的"鼓楼戏台"是集众议事的场所，村里的重要事情都在这里发布。《黔记》中称之为"聚堂"。

这些年，"有牛哥"就在各村的"聚堂"介绍他的原生态牛耕种植。"牛耕部落的杨书记来了"，每去一地，村民们就会互相通知，感兴趣的人都可以来听。决定加入后，乡亲们就在这里按下红手印，

"有牛哥"杨正熙正在给
合作社社员培训

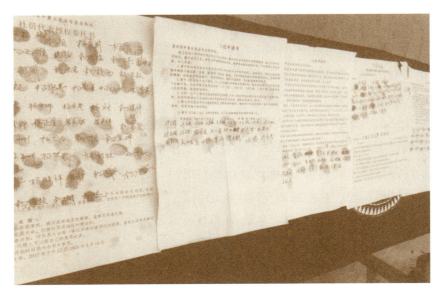

加入合作社的社员需签署入社申请

签署以"侗款"形式制定的有机种植协议——《守农有牛生产律》，订下最朴实的约定。

该条约要求社员必须长年喂养耕牛，人工薅秧除草，田间放养鱼鸭防治病虫害，严禁使用化肥、农药，由社员用自家耕牛、土地和家族信誉作履约担保。违反者处罚300斤米、300斤酒、300斤肉，开除社籍。

如此严格的原生态种植模式得到了一批消费者的认可。"有牛米"与上海、广州、深圳等城市的一批销售商建立了稳定的产销合作关系。其生产方式还多次被亚洲有机联盟选作典型代表，参加国际有机活动展出。2020年，"有牛米"销售80万斤，收入1160万元。

"有牛哥"成功在传统耕作中找到了一条与现代农业嫁接的新路径，使传统牛耕在为山区致富中焕发出新的生命力。

2016年，杨正熙正式申请回到家乡，当了一名驻村扶贫干部。他将原来洋洞村梯田间修建的"牛棚"改建成"小木屋"，经营"牛棚客栈"，开展"千牛同耕"活动，创建"洋洞有机小镇"，打造了集"有牛米"种植和乡村旅游为一体的"牛耕部落"。

森林、村落、溪水、梯田，这些自然元素吸引着一批批向往田园生活的外来游客。徐先生是一位广州的生意人，2018年他和妻子来到洋洞村，购买了一栋"小木屋"，工作不忙时就居住在这里，成了洋洞村的"新村民"。他说，在和村民们一起"打谷子、插秧、种菜、刨地"时，总能想到儿时生活的场景。

2020年"牛耕部落"品牌带动总收入4770万元，接待游客1.5万人，旅游收入1460万元。

从收集种子，推行"牛耕"种植，用传统牛耕哺育生态农业，到发展乡村旅游，"有牛哥"杨正熙为洋洞村走出了一条新路子。

修筑于梯田间的"牛棚客栈"

畅想的侗乡

为了和家族里两位堂哥的名字——"守仁"、"守善"连起来，出生后，父亲给杨正熙取名"守农"。初三时，他给自己改名"杨正熙"。后来因为推广"有牛米"，"有牛哥"的称呼为大众所熟知。

但是在洋洞村，乡亲们还是叫他"守农"。

曾有人问他名字的含义，杨正熙认真想了想回答，"守"是"守护"，"农"是指"农耕文化"。

清明播早种，谷雨做迟秧，季节交替，时和岁丰。

杨正熙认为，中华农耕悠久而厚重。几千年来，中华民族在这片土地上精耕细作，生生不息，农耕文明充满了老祖宗的智慧。

他希望在探索乡村振兴的道路上，能将中华农耕文化传承下来，

黎平种子生态博物馆晾晒着杨正熙收集来的稻谷（张翼晶　摄）

树立起大众对传统农耕文化的自信，向内探索，在祖先的创造里找到答案，用传统哺育现代。

去过了很多地方，杨正熙最喜欢的是县城旁边的八舟村。

他在那里修建了一座种子博物馆，是一条长50多米的"L"形走廊。里面摆放着这些年收集来的260多类种子。

他经常会在那里设想家乡的未来发展模式和方向。从传统文化中找到新发展理念，因地制宜，守正创新，正是目前杨正熙作出的探索。

"父母那样辛苦培养我读书，作为接受过高等教育的人，应该肩负一定的使命。"杨正熙说。

如何将"使命"这个抽象的词具象化呢？

　　"那是一幅良田美池、鱼鸭嬉戏、千牛同耕、鸡犬相闻的农耕文明画卷，画中的洋洞人都可以老有所终，壮有所用，幼有所长。"杨正熙畅想道。

　　11月的黔东南，天黑得早。

　　下午5时许，村落、梯田、鱼塘、树林正在一点一点"掉进"黑夜，远处的吊脚楼上亮了灯。

　　周围落入寂静，"牛耕部落"的一座小院却生机热闹。

　　院里的柴火堆烧得正旺，火苗"滋啦滋啦"地响。市里来的客人正用木棍烤着刚捉回来的稻花鱼。10米高的晾禾架旁，"有牛哥"介绍着架上的30多种稻谷，"这是黎平同禾、这是白芒禾、这是胭脂紫米……"如数家珍。

洋洞村村民正在耕种

　　此时，一首创作于1971年的英文歌曲《乡村路带我回家》和着轻蹿的火苗，悠扬飘荡。

　　"蓝岭山脉，仙纳度河/古老的生命，比树龄更久远/比群山年轻，像和风一样慢慢生长/乡村路，带我回家……"

　　"有牛哥"说，这是他最喜欢的一首乡村音乐。

　　如西弗吉尼亚的山河在约翰·丹佛的心中轻轻拂过，这里的情舍山、洋洞河也从未离开这位赤子的心头。

他用“一片叶子”带老乡致富

早上6点半，天刚蒙蒙亮，伴着几声嘹亮的鸡鸣、阵阵清脆的鸟叫，安晓军翻身起床，往山上的茶园走去。冬日的山间清晨，薄雾笼罩，空气清冷。放眼望去，四头垴山矗立在茶园南方。一阶阶梯田里，高高低低的茶树，默默生长。

今年是暖冬，漫步茶园，路边的桂花尚在开放，时不时飘来一阵沁人的花香。路旁的茶园里，白瓣黄蕊的茶花开得绚烂。安晓军走近茶树，拍下几张照片，发在朋友圈，设置为仅自己可见。每天早起到茶园转一圈，留存当天的茶树生长图片资料，是安晓军这两年养成的习惯。

十多年前，安晓军离开家乡到城市打拼。两年前，他决定放下年入百万的事业回到家乡，全力发展白茶产业。现在的安晓军，早已习惯并享受"日出而作，日落而息"的山村生活。他黝黑的脸庞，记录着与茶树的日日相伴；时时浮现在脸上的笑容，透露出这项"沾着露珠"的"新"事业带给他的满足。

与茶有缘

安晓军爱读书。少年时，他在家中一本明嘉靖二十一年的县志上看到："茶园，在县东南六十余里泼粥山北麓，其山产茶。"泼粥山是哪座山？一丝好奇在安晓军心中升起。

高一那年，因家中遭遇变故，安晓军辍学到江苏经商。工作中，安晓军渐渐爱上喝茶，尤其觉得有款白茶，口感最佳，泡再久，不苦不涩。

经朋友介绍，安晓军认识了当地白茶种植园的负责人，了解到其祖籍是河南信阳。安晓军的家乡河南省舞钢市有山有水，素有"北国小江南"的美誉。朋友看到他的爱茶之心，建议安晓军回乡"试一试"。

这时，安晓军想起多年前看到的关于茶的记载。2004年，安晓军在杨庄乡灯台架山林区找了三分地，栽种了3000棵茶苗。三年过去了，无人管理、任其生长的茶苗成活率达到了60%。

安晓军有点意外。2007年，他又在尹集镇张庄村种了约9亩茶苗，聘请专人看护，用他的话说是"开始比较上心了"。

2010年，茶青有了。采摘后，安晓军拿到江苏，参与当地的茶叶评比，一举拿下了金奖。

安晓军惊喜万分，"这事儿有戏！"

安晓军来到舞钢市农业局，找专家请教。但是，舞钢当时主要种植的仍然是传统农作物，专业人才"不对口"。安晓军又到江苏茶研究所等科研院所请教。

茶树喜湿怕涝，要种在山上；喜欢弱酸性沙砾质土壤，不喜欢黄黏土……问清了茶树的生长习性后，安晓军心里有了数，回到舞钢找合适的林地。

舞钢林地很多，但很多是生态保护区，动不得！有些临近一级水源地，不能碰！

一晃，四年过去了。安晓军带着舞钢市农业局土肥站的专家徐进玉考察到庙街乡灵珑山时，发现山下是葛庄水库，灌溉水源有了；山朝向北方；土是沙瓤土，pH值略高一点，可通过现代科学方法调节。

"这就是我们要找的林地！"安晓军喜上眉梢。

20世纪七八十年代，村民在灵珑山上种植一些粮食作物。后来，年轻人都外出务工了，农村没了劳动力，很多山地只是种植一些树木。灵珑山几乎成了荒山。

安晓军找到人头山村委和庙街乡党委，提出想流转山地种茶的想法。荒山闲着也是闲着，乡亲们很愿意流转。2015年，安晓军一次性支付村民30年的土地租金30万元，承租了100亩山地，开始种白茶。因茶园在灵珑山，安晓军为它起名"灵珑山白茶"。

2016年下半年，安晓军开始着手规划、选址、建厂；2017年，茶园第一次有了收成，收获近90斤干茶。

北方严寒使茶园大部分病虫害无法过冬，造就了"灵珑山白茶"

今年暖冬，茶花仍在开放（夏莎　摄）

独特的品质。其选取一芽一叶或一芽两叶为原料，按照传统炒茶工艺，经过16道工艺加工而成。干茶挺直略扁，形如兰蕙。汤色金黄透亮，茶香高扬且持久，氨基酸含量高达普通绿茶的三倍。茶汤不苦不涩，饮毕唇齿留香，深受市场欢迎。

2018年，茶园收获了300多斤干茶，收入100多万。安晓军干劲更足了。2019年，茶园扩建二期工程。2020年，二期扩建完工，开始茶旅小镇的建设。2021年，安晓军的茶园收茶900多斤，收入近400万。

2021年，安晓军为灵珑山白茶申请国家地理标志产品。再次查阅相关资料，安晓军发现，他少时看到的"泼粥山"就是如今位于

人头山村的灵珑山。"好像冥冥之中，自有天定。"安晓军惊呼自己
与白茶的缘分。

一个好汉"三"个帮

唐代茶学家陆羽在《茶经》中云："茶者，南方之嘉木也。"在
人们的印象中，茶树一般生长在南方。白茶更是被普遍认为不适宜
在长江以北地区种植。

如今，经过十余年的探索，安晓军填补了河南种植白茶的空白，
让舞钢成为我国白茶种植的最北端。

一亩地种4000株茶苗，行距1.2米，株距25厘米；茶树开花促
进茶叶品质，但不利于茶叶产量……多年过去，安晓军从只是喜爱
喝茶的"门外汉"慢慢变成了"茶专家"，说起茶树种植的要点，头
头是道。今年34岁的安晓军，已是高级制茶师，中级评茶员。

任何事情都不能一蹴而就。

租赁山林，差点被骗；冬天降温，担心茶树冻死；夏天干旱，
看着茶树旱死……种茶以来，安晓军有着"操不完的心"。

"还好，一路走来，太多人给了我太多帮助和感动。"安晓军动
容地说。

2016年12月的一天，安晓军看到当天最低气温将达到-12℃。
为防止茶苗根部冻坏，安晓军咨询专家后，准备用塑料薄膜把茶山
罩住。薄膜买齐，却找不到工人上山。

人头山村支部书记韩帅远知道后，迅速组织村两委干部、群众
等四五十人，不到两个小时，把一百余亩茶树全盖完。

"我们村里对茶产业很认可，老百姓也信赖晓军的人品。他跟村

民就像一家人。"韩帅远说。

2019年春夏，天大旱，茶苗旱得蔫头耷脑。

蓄水池干涸、山下水库的水提不上来，一身泥、满脸汗的安晓军欲哭无泪。"茶苗旱死了三分之一。"安晓军心疼不已。

市乡村三级政府相关负责人了解情况后，立刻召开现场会，解决茶厂的灌溉等基础设施问题。如今，漫步茶园，可以看到每一行茶树根部都铺设了管道，近500亩水肥一体茶园建设已完成。

庙街乡党委书记刘彦新原任舞钢市农业农村局局长。为发展白茶产业，刘彦新被派到庙街乡任党委书记。到任第二天，刘彦新就带着领导班子到茶厂调研，这让安晓军感动不已。

同时，庙街乡为茶厂明确首席服务员和包村班子成员，投入近1000万，改善园区外人居环境，完善园区内交通、灌溉设施等布局，争取600多万项目资金和技术方面支持等。

发展的过程中，安晓军不断进行科技创新。目前，安晓军创立的河南省千宝农业种植有限公司已经申报了15项国家专利，6项成功获批。

离开，是为了更好的归来

傍晚6点多，山村的夜晚已然降临，夜色浓重。山野寂静，村里偶尔传出几声犬吠。

"外边再好，总是家乡好。"站在茶厂的院子里，抬头看着天上的月亮和漫天繁星，安晓军颇有感触地说。离家十多年，这次彻底的归来，没有不适应，只有满满的喜悦和安心。

俗话说，"出门三里为外人"。安晓军的家在八台镇王老虎村，距离人头山村10公里开外，但是村里的群众待他如亲人一般，这让安晓军心里暖暖的。"人头山村是我的第二故乡。我可以安心在这发展。"

"婶儿，去山上捡柴啊！""叔，累不累？""大爷，来了。"走在茶园中，时不时碰见几位村民，或在砌水沟，或在混合土壤，安晓军笑容和煦，熟络地与他们打着招呼。

庙街乡三分之一山地，三分之一丘陵，三分之一平原，想通过发展传统农业让乡亲致富，没有出路。"只能搞差异化、经济效益比较高的种植项目，白茶种植就是一个好的选择。"安晓军说。

茶山下的茶园民宿已建成（夏莎　摄）

人头山村葛庄组村民李德福正在茶园务工（夏莎　摄）

"我这是跳出农门，又回到了农门。"安晓军说，带领乡亲们致富是他的"终极目标"。

安晓军创新带贫模式，带领乡亲走上了"一片叶子富一方百姓"的绿色发展之路。

安晓军通过实施土地流转，对无能力的贫困户"保起来"；提供就业岗位，对有劳动力的贫困户"扶起来"；实施承包责任制，对有劳力无田地贫困户"帮起来"；签订种植合同，把有田地的贫困户"带起来"；签订代管代种协议，开展企地合作共建，让村集体经济"增起来"。

这几年，安晓军带动周边群众种植白茶500多亩。最多时，安晓军的茶园年用工1万余人次，扶持9个村集体经济年增收19万元。今年，安晓军被共青团中央、农业农村部联合授予首届"全国乡村振兴青年先锋"称号。

"现在家门口有活儿干，能顾家，工资又有保障，再也不用去外面找活了。"人头山村葛庄组村民李德福正在茶园砌水沟，干劲儿十足。

现在，集种植、观赏、采摘、加工、旅游、研学为一体的"茶旅小镇"正在打造中，九龙山茶乡景区已通过国家3A级景区评审，5栋茶园民宿建设完成。

走在今天的红石崖，道路宽敞整洁，水流潺潺，茶园葱绿，民宿别致，老百姓笑意晏晏。

清晨的薄雾中，旭日冉冉东升，安晓军站在半山腰，眺望满山的茶树。身侧的柿子树上，两只喜鹊刚落下脚，叽叽喳喳，跳来跳去，旁边枝杈上筑好的鸟巢看起来坚固而舒适。

安晓军就如这喜鹊一样，"飞"往外面的世界。终有一天，带着一身本事，再次归来。与他热爱的白茶一起，在灵珑山，深深扎根。

她放弃北漂和蘑菇"较劲"，
从亏损百万到逆风翻盘

下班了，忙碌完一整天的周晴晴拖着疲惫的身子回到家中，她在北京租住的小屋安静温馨，躺在床上看手机是她最好的消除疲乏的方式。突然，一阵刺耳的电话铃声响起，打断了她的思绪，将她拉回了现实。

"喂？"周晴晴接起电话，是父亲病倒的消息。坏消息突然而至，周晴晴心急如焚，随后陷入了沉思。家庭怎么办？食用菌产业怎么办？还要继续留在北京吗？

"7年前的那时候人生走到了岔路口，抉择到底是该往哪里走很艰难。"如今，周晴晴仍然会时常想起那个命运转折的夜晚和曾经的北漂生活。"一定得回去，照顾家庭，保护产业。在我做决定的那一刻，反而觉得轻松了。"

之后，媒体人周晴晴成了种菌人周晴晴。

记者初次见到周晴晴时，她刚刚从种植大棚赶来，身上还带着些泥土，朴素的面庞里透出农人的干练，很难想到，她是一个90后。

近些年培育的羊肚菌迎来了丰收。这个冬天，周晴晴又和村民们一起，在种植基地里忙碌着。调配好的营养包被整齐地码放到播种过羊肚菌的土壤上，几个月后，细密的浅白色菌丝将会冲出土壤，爬满整个营养包，待吸收营养后再返回土壤，来年的早春，一颗颗茁壮的羊肚菌便会孕育而出。

放弃传媒梦　回乡种蘑菇

年过半百的周不修躺在床上，生活无法自理，持续的疼痛让他觉得日子无比漫长。"有人说，强直性脊柱炎被称为'不死的癌症'，严重的时候就像植物人一样。"这是周晴晴父亲周不修长期劳作落下的病痛，也深深牵扯着女儿周晴晴的人生。

在食用菌产业奋斗一辈子的他此时最担心的是谁能把这份事业继续下去。大蒜、辣椒、食用菌是山东省金乡县的几大特色农产品，周晴晴的父亲是当地有名的"蘑菇大王"，也正是因为长期的辛劳使他的强直性脊柱炎不断恶化，导致卧床不起。

周不修的妻子看着丈夫心如刀绞，最终还是拨通了远在北京的女儿周晴晴的电话，"你爸爸不让我告诉你，他现在身体状况特别不

新农人周晴晴（张佳琪　摄）

好，要不然孩子你回来吧，食用菌产业做到现在特别不容易，爸爸一辈子起起落落，家里的很多事需要你。"

7年前的这个场景，周晴晴至今历历在目。

2014年5月，最艰难的抉择摆在了这个年轻人面前，周晴晴一夜未眠。父亲曾无数次劝她回乡参与到食用菌产业，但都没能让女儿"回心转意"。半年前，周不修对周晴晴谈到过他的期望，"你有你的传媒梦，但你看咱家乡越来越好，咱农村也是个大舞台，农业这个行业还是很值得做的，孩子你回来吧。"

"父亲需要我，家乡的事业需要我，虽然有个传媒梦，但是把农业做好了之后，同样可以以另外一种方式去书写我的人生。"周晴晴的信念越发坚定。

那一晚，周晴晴下定了决心：回乡！

第二天，周晴晴辞去了热爱的媒体工作，买下火车票，从承载着传媒梦的北京回到了山东金乡县的老家，拾起了这份沉甸甸的事业，成了一名"菌农"，开启了新农人的梦。

从损失百万到逆风翻盘

"在北京工作时，每天化着妆，踩着高跟鞋。回乡之后，每天在大棚里和泥土做伴。"对于回乡带来的强烈反差，周晴晴一开始并不习惯，但她明白，搞农业，一线经验是最宝贵的。

屋漏偏逢连夜雨。2015年初，黄色金针菇市场急剧萎缩，驻到村上的客商们不收货了，全部黄色金针菇面临滞销处境。"常年和菌农们打交道，不能看着菌农们今年的收成毁在地里面。"刚刚返乡的周晴晴和父亲商量后，决定把菌农的黄色金针菇都买下来。"收到最后我们也没钱了，就欠着钱收。"

尽管周晴晴采用了腌制方法延长保质期，希望可以度过滞销期，再次打开销路，但全年下来，黄色金针菇市场仍然没有恢复的迹象。面对无人问津的处境，手中的货依旧堆积如山，周晴晴陷入了绝望。"保守说那一年损失了六百多万元，父亲奋斗一辈子的产业刚到自己手里就有这么大的亏损。"

"每个行业都有周期，黄色金针菇恐怕真的进入了低谷。老路不能再走了，得找办法，其中的关键在创新。"年轻的周晴晴"初生牛犊不怕虎"，她不断告诉自己，不能刚遇到挫折就倒下，要带着菌农们走下去。

"黄色金针菇不行了，是不是可以探索其他品种，开创新的培育技术。"周晴晴将父亲之前尝试过但未成功的几个食用菌品种重新梳

村民在羊肚菌大棚内摆放营养包（张佳琪　摄）

理了一遍，分别研究其优点、缺点。有了大致的方向之后，周晴晴便踏上了去全国多地调研学习之路，通过调研精选出几个相对优质的品种展开种植研究。"羊肚菌、羊肚耳、猴脑菇和榆黄蘑都成了我的研究重点。慢慢定位也清晰了，就是放在珍稀食用菌上。"

"珍稀食用菌市场价格比较高、口感好、营养价值高，而且相对好卖，唯一需要我们解决的就是技术问题，把它种好，形成量产，这样菌农们也可以有一个比较好的收益。"周晴晴说。

也正是优中选优的羊肚菌，成了继黄色金针菇"倒下"之后，周晴晴带领菌农们淘到的第一桶金，金乡的食用菌产业又活过来了。

将创新写进基因　带领村民"土中刨金"

敢于创新写在了周晴晴这代新农人的基因里。

"看似走出滞销的泥潭时间好像很短，实际上我父亲在这之前已经研究了十多年，但一直是失败的状态，我是在原来基础上的再尝试。"在周晴晴看来，只有敢于创新，才是走出困境的密码。

四川是羊肚菌的发源地，周晴晴便收拾行囊去四川；云南地理位置优越，野生菌分布广，周晴晴就奔赴云南。一路下来，四川、云南、贵州、山西、陕西都成了周晴晴每年的调研目的地，学习别人成功的经验，汲取别人失败的教训，将能用得上的都转化成自己的成果。为了让金乡的食用菌产业重新恢复生机，周晴晴一路走、一路学。

在不断的奔走中，周晴晴形成了暖棚、冷棚和林下栽培三种行之有效的新技术，并在实践中一点点让技术愈加成熟。"暖棚可以控制棚内温度，缩短羊肚菌的生长周期，反季节出菇；冷棚是顺季出菇，但是可以通过控温给羊肚菌创造一个良好的生长环境；林下技术则是利用森林系统所自有的特点进行仿野生栽培。"周晴晴谈道，"我平常在基地上就跟着大家伙一块干，三种新技术也成了这些年收成的保障。"

收成好了，越来越多的金乡村民来到种植基地打工。随着种植的经验越来越丰富、技术越来越熟练，有些村民大胆地告诉周晴晴，"你种这个挺好的，我能不能也跟你一块儿种？"随后村民们也撸起袖子，承包几个大棚，一起种菇。到了收获的季节，许多村民反馈说，"比我打工还强！"

村民们从就业变成了创业。

周晴晴说，"大家学到了技术也挣到了钱，形成了一个良性循环，希望带着村民从土地里刨出'金'来。"在她看来，扎根基层、扎根土地才能做好农人，将新技术、新思想运用于传统农业，获得

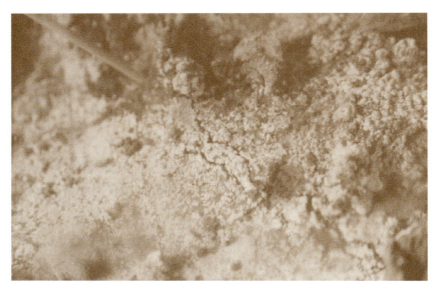

刚刚从土中萌发的菌丝（张佳琪　摄）

更大的收获，才是新农人。

　　点开周晴晴的微信，和多数"90后"朋友圈晒美食、晒美景不同，周晴晴几乎每一条发布、转载都和食用菌有关。"种蘑菇"已经融入周晴晴生活的点点滴滴，对事业的热爱让她从"种蘑菇"里看到和传媒梦一样光明的未来。

　　2021年的年尾，周晴晴又忙了起来，还有很多梦想要在新一年实现。"看到许多新农人都在做着直播、短视频，我也希望能让更多人看到我们的食用菌，让它火起来。""现在很多农民都不缺钱了，而是缺技术，农民不仅仅要富口袋，还要富脑袋。我想继续加强对农民的培养，也想吸引更多有活力的年轻人回乡一块儿创业，想让更多的新农人一起建设家乡。""新的一年我还想建设一座小型的羊肚菌乡村振兴博物馆，把创业的心路历程以及羊肚菌的知识、种植的意义等展示出来，带动种植户不断进步。"

周晴晴的传媒梦也并没有因成为新农人而结束。

在周晴晴的计划中，有一个被放在了不远的将来。"我想拍一个关于我爸爸的纪录片，不仅仅记录我爸爸，而是记录他们那一代食用菌人，记录他们的执着与艰辛，对食用菌的爱与不舍，给予我们这一代人更多的启示。"

清华女博士后回村务农：
你想要的，土地都能给你

　　作为国内 CSA 模式最主要的推广者之一、分享收获农场的"掌柜"，石嫣近年来接受了数不清的采访。清华博士后、"三农"专家温铁军的得意门生……光环之下，外界似乎一直在关注这个跑到农村种菜的女博士，更把她描述成缔造理想主义者温室的新时代女性，或是桃源生活的女主人。

　　但石嫣很清楚，自己要做的，就是新农人。

　　12 年前，石嫣在北京创办了国内首家 CSA（Community Supported Agriculture 社区支持农业）农园，种植绿色蔬菜，不通过中介，农民和消费者直接对接。如今，受其影响，全国已有超1500家社区支持农业生产主体。

她说，新农人们就是自愿选择从事农业，而不是一种出身的身份代表，他们要采取新的理念、更环保的种植方式，有尊严地生活在乡村。

种自己的地　让别人说去

石嫣个子很高，休闲打扮，常素面朝天，不讲话时有点严肃。

她也这样出现在记者面前。

作为一个标准的学霸，按常理讲，石嫣轻而易举就能得到一份"体面"的城市工作。即使已经年收入近千万元，她的父母仍期待她能找一个"铁饭碗"。

她去银行办事，业务单职业一项填了"农民"。柜员说："没有这个选项，要不写职员吧。"可她的工作，就是在北京六环外一个叫柳庄户的村子里，那里有她的两个农场基地，加上通州的，一共几百亩。"干农活、管农场，卖自己种的有机蔬果，偶尔'进城'"，这就是她的日常。

总有人说，石嫣是以农民的名义，为很多人建构了一个"伊甸园"，但她觉得没那么矫情，生活就是实实在在的。农场就在村口，骑上电动车，十几分钟就到了。她在村里小院常住，到了晚上，就线上参加掺杂着各国语言的国际会议，这也是她作为国际社区支持农业联盟（URGENCI）联合主席的日常。

分享收获农场的核心理念来源于CSA，即社区支持农业。"简单来说，有个农场，你可以租来自己种，也可以预付款，定期给你提

准备配送的蔬菜（王晶　摄）

供安全的蔬菜。"石嫣常向目标消费者这样解释。

　　农场距市区50公里，驱车沿着顺义区的龙尹路一路向北，没有高楼大厦，道路两旁是大片庄稼地，农场就在马路边。和记者想象中归园田居的画风不同，这里似乎没那么"小资"。大门敞开，扑面而来的就是浓厚的堆肥味儿。

　　早上10点，正是农场热闹的时候，几个伯伯驾着三轮车来回运菜，他们是从村子里雇来帮忙的农民。配菜房那边也熙熙攘攘，阿姨们飞快地摘菜包装。这些带着露水的蔬菜，几小时后将出现在北京城里的订户家里。包装很简单，牛皮纸打底，纸箱外简单地贴上了消费者的名字，仅此而已。

　　农场从种植到生长全程监控，不使用农药和化肥是底线。石嫣曾大方地提醒消费者自家果蔬的各种"缺陷"。"蔬菜叶有虫是普遍现象，有机农场最大的特点就是有很多昆虫"，石嫣喜欢在社交平台上"晒"这些，帮忙吃害虫的蟾蜍，以及同样能吃杂草的鹅，"它们有它们的相处法则。"她说。

CSA怎么"玩"

即使眼下在冬日，棚内仍有绿色果蔬。不过，与其他农场不太一样，"分享收获"大棚外墙上刷着向日葵涂鸦，办公室玻璃上甚至还贴有几个可爱的玩偶。临近正午，阳光打在人身上，会让来访者觉得，这里有一种力量在流动。

"重建人和土地的连接"，是石嫣"务农"的初心。"你要实现什么理念，自己先要活出来。"就连儿子程石艾的名字都与农场有关，正是社区支持农业（Community Supported Agriculture）三个首字母的组合。

可新生命的到来，也没让石嫣停下脚步，她的内心一直很笃定，这些都来自她"脸朝黄土背朝天"的实践，即便她曾五谷不分。

2008年，石嫣在美国一家CSA农场做了半年"准农民"，也是中国第一位公费出国务农的学生。这带给她的改变是决定性的。"连续一天的工作，暴露在太阳底下，经常自己一个人在一片区域里除草，很孤独。再加上大风吹着，很容易使人意志消沉，因为你无法抵抗。"她在《我在美国当农民》一书中这样写道。

去明尼苏达州的地升农场时，她带了几件干净衣服，后来已洗不出原来的颜色，食指常因拔草爬满数不清的裂纹，茧子也已成形。彼时，石嫣每天从农场回到宿舍，就把饭端到自己的小桌子上，坐在床上，浑身酸痛。"我为什么不回国写论文，要在这每天擦育苗盘？"她曾这样挣扎过。

大棚内的温度需实时监测（王晶　摄）

可这些并未让她放弃，反而是这些无意义的时刻，让她体味到了意义。

在人大读研的两年，石嫣每个月都要去农村待上一周，"但每次和农民相处，他们好像把期待都放在你身上，我也想帮到他们。可一回到学校，就又觉得他们距离我很远。"石嫣觉得，自己永远与农村缺乏一种连接感。

但在美国农场的半年生活，从耕地到开拖拉机，石嫣每天都和农民在一起，"农业的获得感越来越强烈"。而除草，也从一开始的枯燥，变成了一种享受。面向土地时，她开始观察自然，小蚂蚱会突然出现，秋天时它们就会长大，颜色会变深；有时在准备挖坑移苗时，突然出现一只青蛙，但又倏地一下就消失了……

看到世界是不同的，人的生活方式也是。石嫣发现，自己所在的农场在种植期间，会有附近社区会员前来预订，等到蔬菜成熟后便开始配送。剩余的，有时她会和伙伴到镇上的市集去售卖。"自己种出来的菜，一口就能吃出来的，真的完全不一样，菜有菜味。"

这种在当地流行的社区支持农业（CSA）模式，石嫣觉得也适合在中国推广。回国后，她在北京创办了中国第一个CSA农场——"小毛驴市民农园"，2012年二次创业，独立经营"分享收获"农场。

收获与风险并存

这同样是一场寻找解决农业和食品安全问题出路之旅。她知道，如今随着大家生活水平的提高，对高质量农产品的需求也会越来越多。疫情期间，石嫣的果蔬订单反而翻番增长，"大家想吃点更安全的"。

她觉得，如果农民都能生产健康农产品，那么同时受益的还有环境。

可经营农场，常常收获与风险并存，很多东西石嫣都在逐步探索。包括怎么让大家认可、信任这一模式。

起初，她们直接和当地农民合作。朗叔是她们签约的第一户农民，可第一年就出了事。因为担心虫害，朗叔偷偷用了药，"其实这也是在试探我们，是不是真的不用农药。"石嫣很清楚动机。

摆在她面前有两个选择，要么等长出新的果实再卖，要么全部拉秧，今年不再配送。石嫣团队选了后者，拔掉将近半亩的茄子。虽少了些收成，但此后再没出过问题。

石嫣觉得，未来中国农业的方向，不是让农民出去，而是把他

农场里年轻人的试验土壤（王晶　摄）

们有效地组织起来。她频频称赞农场里那些老农民的智慧，"与传统用化肥增产不同，为了提高成活率，必须从作物生长初期便开始介入"，她发现，老农们会在插秧时将秧苗间隔得稀疏些，"这样通风透气更好。"这是他们的答案。

她也逐渐意识到，在传统农业里，农民本身就是所有产业链条里最弱势的。她记得读研时上的第一堂课：CSA所解决的问题，就是把更多的利益分配到最弱势的生产端，反过来，也让消费者吃得更安全。

和会员沟通也是石嫣的基础工作之一，在创办之初，会员们向石嫣交纳了30万左右的菜金。2年运营，石嫣就把同等价值的蔬菜都返还给了会员。最开始，农场种的应季蔬菜很少，有一个月几乎天天送的都是绿叶菜，一个会员直接把菜扔出来；还有"专家"在网上抨击石嫣的有机理念，她一开始很气愤，常会在下面留言反击，可现在早就不在意了，"来我们这看看就知道了。"

十余年来，质疑的声音变弱了。在"分享收获"，一个三口之家肉蛋菜全部预订，每月约1200元。消费者也常常给石嫣带来惊喜。"家里几个孩子都是吃我们的菜长大的。这种信任感不是一般的关系。"这也是石嫣的价值感来源。

如今，在石嫣的推动之下，越来越多受到她感染的人，也开始纷纷选择CSA这种农业生产方式。用她的话说，没想到这颗种子发芽了，虽然这个发芽的时间很慢。

天南海北的年轻人

在"分享收获"的宣传册中，石嫣写道，每100户消费者加入，就可以让5个年轻人留在乡村工作。"乡村振兴其实最重要的是人，年轻人愿意回来，这代表很多东西。"石嫣说。

如今的农场里，随着观念的改变，农场的实习生被父母接走的事情好像越来越少。留在这里的年轻人来自天南地北，平均年龄26岁，还有"00后"加入。

记者采访石嫣就在农场的民宿内，而农大研究生晓露的8份试验土壤就摆在屋内的一角，上面调皮地写道：晓露的试验物品，勿动。

在农场，与城市里反差的画面太多。走进农场的"棚友食堂"，这里的一切让人很踏实，洗碗的麦麸、摘菜的篮子，用农场辣椒自制的辣酱，以及用无法长期储存的西红柿做的罐头，都是他们的"创作"。

这里是属于新农人的乐园，很多以往书本上的理想主义经验在这里生根、发芽，等待秋天收获。"对于现在的很多新农人来说，我们可能处于历史使命的一个初期阶段吧。"石嫣坚信，不管怎样，你想要的，土地都能给你，种下一个苗，能收获许多果实。

如今，每到周末或节假日，农场还会举办各种活动。来自城市里的人来农场品尝有机餐、参加亲子活动。曾在农场体验一个月的林尧莛称"重新定义清贫和奢侈"，并留言：在农场生活过以后，真的会让人更清楚生命到底什么是最重要的，会让人远离物质。

或许，这也是石嫣创办农场"分享收获"的"雄心壮志"，在这里收获的不仅是果实。

都市金领"慧"种地，
拒绝"躺平"带老乡转型新农人

眼下正值晚稻结束收割、油菜开始播种的时节，在江西省南昌县蒋巷镇，一望无际的万亩良田不见一个弯腰播种的农民。湛蓝天空下，只有几架臂展两米、红黑相间的无人机缓缓起飞，机上搭载着播种器。无人机在低空匀速飞行，将希望的种子撒进农田……

这里是江西首个"万亩智慧示范农场"：在这里种地不按亩算，而按千亩、万亩算；在这里农民不用镰刀、锄头，而用先进的智能化设备……农场的主人邹泰晖看着天上缓缓飞过的无人机，感叹道："以前抢农时靠人干活，现在我们靠手机就能种地。"

无人机播种油菜籽（胡斐　摄）

　　无人机在空中播种，无人旋耕机在田间翻耕，通过大数据、物联网等信息化技术的应用，这片万亩农田实现全程机械化作业，26个人就可以种1万亩地。

　　然而，谁能想到，这位智慧农场的操盘手，竟是刚从国际大都市"金领"办公桌上转型下来种地的"新手"。

从大上海到小山村　"都市金领"选择回乡做农民

　　邹泰晖，祖籍南昌，户籍在上海，搞过销售，干过厂长，可以说衣食无忧，是一名事业成功的"都市金领"。2018年，50岁的邹泰晖瞅准智慧农业的广阔前景，执意离开大城市，回到家乡当起"种地新手"。

　　刚开始，得知邹泰晖要回乡下种地，很多人不理解。"都50岁了，还要扛锄头种地吗!""人家都是从乡下到城里去，他偏要从城里还是大上海回乡下!"……面对种种质疑，邹泰晖没有解释那么多，他就是想大干一场，在年过五十知天命的时候，回到家乡的红土地上再干出一番事业来。

妻子起初也不同意：现在生活顺遂，女儿正好也出国深造，忙碌了大半辈子终于可以慢下来，过安稳日子就好，为什么还要去折腾?

"我对爱人说，你让我再拼一把，能成就成，不成再说。但至少我要试试，大不了从头再来，我不后悔!"

一句"大不了从头再来，我不后悔!"看似是给了自己一次选择的机会，实则是斩断了所有的退路。只有无路可退，破釜沉舟，不留任何余地，才能真正做到不后悔。

妻子被他说服了，跟着他从高楼林立、人声鼎沸的大上海来到了遍地沃土、鸡鸣狗吠的小山村。

邹泰晖如愿以偿在南昌县蒋巷镇开始了二次创业。

"之所以选择回来，其实还是一种信念和情怀吧，我看好智慧农业这个方向，觉得广阔农村大有可为，我们江西是农业大省，我必须要为家乡脱贫攻坚、乡村振兴做一点事!"邹泰晖坦言。

创业路上充满艰辛，转型做农民的邹泰晖遭遇了种种困难：资金不够、村民不愿意流转、种养经验不足……一个个现实的问题摆在他眼前，如同一座座大山将他压得喘不过气来。

但糟糕的现实并没有将他打败。

"我是那种做什么事情就一定要努力做好的人。哪怕再难，只要做了就要尽全力把它做到最好。"邹泰晖说。

资金不够就想办法凑，跑银行、作抵押、要政策，邹泰晖将自已在上海的房产抵押给银行贷款了600万，找到几个志同道合的合伙人与北京一家农业现代化科技服务企业共同合作，先后融资3000万进行农场高标准农田改造和智能化建设，按照机械化耕种、数字化管理、生态化发展、订单化销售的模式，规模化种植优质水稻。

村民不愿意流转就请当地村镇干部作保，邹泰晖挨家挨户做工作：承诺农技及农机作业培训，推广先进技术，进行农机协同作业；承诺帮助传统种植户转型成为新农人，吸纳到农场做职业农民，每月支付丰厚工资和奖金；承诺以高出当期土地流转价15%的价格出资流转……邹泰晖的诚心打动了乡亲们，2021年时已经流转到13637亩高标准农田，涉及5000多户农户。

经验不足就向专业团队请教，请求中国农业大学、中国水产科学院等机构提供帮助与支持，开展综合种养技术合作，学习侧深施肥、测土配肥、水稻大钵体毯状苗机械高效移栽、高产再生稻栽插等农业新技术，结合稻油轮作、稻虾共生等特色种养模式，不断提升经济效益。

经过不懈的努力，如今邹泰晖的智慧农场初具规模，全程实行机械化、数字化种植，粮食耕作效率大大提高，粮食品质不断提升，生产的粮食从田间到舌尖全程不落地，全程可溯源，年产优质水稻超万吨。

带领老乡转型新农人　他的梦想是和乡亲们一起致富

从"会"种田到"慧"种田，科技改变了传统农业，也孕育出新农人。在邹泰晖看来，所谓新农人，不仅要有科技设备的加持，具备一定的科学文化知识和专业技术能力，更要有一种热爱农村热

邹泰晖农场里的无人农机设备（胡斐　摄）

爱土地的情怀。

"现在帮我打理这1.36万亩农田的，有26名'新农人'。"说起这些"新农人"，邹泰晖如数家珍。

49岁的刘士国是蒋巷镇三洞村村民，过去打理自家5亩薄田累得够呛，顶着日头，汗流浃背，满身泥泞。如今，刘士国只需拿着手机遥控驾驶"铁牛"，农机上加装摄像头和传感器，就能即时了解农机耕作层深度、耕作面积等情况，不用下田就把地种了，靠着在南昌大田智慧农场当专职管理员，他每月能领6000多元工资，年底还有几万元绩效奖。

48岁的娄劝云以前在外地务工，2018年，喜欢摆弄各类机械的他听说村里来了个"种地新人"要搞智慧农业，毅然回乡加入农场。经过专业培训后，他很快上手负责农机管理维修，年收入10多万元。工作不累，幸福感满满。

新农人范鹏接受采访（胡斐 摄）

邹泰晖和他的农场（胡斐 摄）

27岁的范鹏以前是一名卡车司机，风里来雨里去，2020年他来到大田，专门负责无人机植保，每个月除了5000多元的保底工资外，还按亩地拿提成，年底再分绩效奖金。"一年下来能有10多万元。"提起收入，范鹏乐开了花。

因为热爱，所以坚持；因为坚持，所以才更离不开。

从最初的2000亩流转地到现在的13637亩高标准农田，从最初只有田埂边上5个集装箱板房，到现在各种类型的现代农业自动化设备，邹泰晖说，这些年他在高标准农田改造和智能化建设上持续投入，并没有多少盈利，但对乡亲们的承诺无论如何都要兑现。

4年来，向村民支付近700万元土地流转款，向村集体支付管理费62万元；吸纳26名种田能手成为新型职业农民，每年支付工资和奖金近300多万元；推广先进农业技术及新型农机运用，并与农机专业合作社签订农机作业合同，进行协同作业，仅水稻收割作业一项就支付近100万元的作业费用，带动周边合作社做大做强。

"做给老乡看，带着老乡干，帮助老乡赚！"邹泰晖说，他不是来家乡赚钱的，他的梦想是要带着乡亲们一起致富。

以前凭经验，看天吃饭，现在靠科技，智慧赋能。随着农业信息化和农业机械化的快速发展，智慧农业时代已经到来，在科技的助力下，新时代的种田人邹泰晖信心满怀。

谈到智慧农场的未来发展，邹泰晖也有了详细计划，他打算通过土地流转和土地托管的模式，2022年前把粮食种植规模扩大到20000亩，三年内实现50000亩的规模。"通过一、二、三产的高度融合，让我们的农民增收、农业增值、农村增色，把这个区域真正打造成我们的鱼米之乡。"

"我觉得我是那种永远也停不下来的性格。没有任何人推着你向前走，但是自己的内心会推着你往前走。"邹泰晖说。

隆冬十二月，土地悄悄蛰伏在稻茬下休养生息，它们静静地等待着，等待着绿草破土，等待着春暖花开。到那时，蓄势了一个冬天的拖拉机将像脱缰的野马，冲进稻田，尽情驰骋，耕耘美好的春天……

从没人捡到铆劲儿种，秦巴汉子带村民打破传统农业"天花板"

正午时分，襄渝铁路上的列车从南君涛的拐枣醋厂门口轰鸣驶过，列车的鸣笛声响悠远鸣长，回响声穿透远山。

初冬，正是收拐枣的季节，也是南君涛最忙碌的时节。村民把从树下捡来的拐枣整理成束，用绳子捆扎好，送到南君涛的醋厂用来酿醋。

醋厂的味道总是这么别具特色、回味清爽。在南君涛的生产厂房内，拐枣的果香味与醋的酸香混合着，香味醇厚，果味浓郁。

"来，尝一口！纯天然的醋，不加任何东西，感受一下和其他醋

南君涛正在整理收购上来的拐枣（舒隆焕　摄）

比较起来口感如何。"说话间，南君涛打开了醋瓶给每个人递上倒好的拐枣醋。

　　陕西人爱食醋，对醋的要求自然也挑剔。在众人对醋的好评中，南君涛做拐枣醋带着村民致富的故事由此拉开。

在"不值钱的玩意儿"上动脑筋

　　拐枣是秦岭山区的一种特产，又称万寿果、俅江枳椇、蜜爪爪等，是鼠李科、枳椇属落叶乔木。

　　旬阳地处秦巴腹地，是拐枣最佳适生区，自然分布广泛，资源十分丰富。现有总面积已达40万亩，占全国拐枣总产量的80%。

　　地处秦巴山腹地的安康旬阳拐枣随处可见，基本不值钱。农闲时节，村民将家里的拐枣碎酿成口感醇厚的烧酒，这也是一直以来拐枣在当地最好的利用价值。

受此启发，之前做粮食醋销路不太好的南君涛动起了脑筋，拐枣能做酒，为什么就不能做醋呢，拐枣的保健作用体现在醋上是不是能更好一些？

"那么不值钱的玩意儿，做成醋也能卖这么好的价格？"拐枣做醋，当地群众有质疑：拐枣醋效益真有那么好？当地群众更质疑拐枣醋的价值，没人想到平时懒得捡的拐枣做成醋能卖到几十块钱的价格。

面对质疑，南君涛用他的创新与实干给出了回应。面对不理解，拐枣醋的好销路和好价格回应了疑惑。

"从部队退伍回来，我在旬阳吕河镇粮管所上班，后来效益不行只能买断工龄，自谋生路。依靠家人做柿子醋的经验，我开始尝试做拐枣醋。山里人，只要肯干、肯吃苦，做事不难。"提起创业历史，南君涛的身上有一股不甘心屈服现状的闯劲与韧劲。

肯吃苦，就能干成事。说着容易，做起来并不容易。提起第一次失败，南君涛印象颇深："刚开始没有把拐枣枝拣出来，和拐枣一起发酵，由于拐枣枝单宁含量比较大导致第一次醋做失败了，好几桶醋都倒了，损失有三四万元。"

对南君涛而言还有一次更惨痛的教训。拐枣醋到了发酵的时候，南君涛买了几十个大桶准备用做拐枣酒的方式发酵醋，结果几十桶的"醋"半年多愣是没有任何变化，显然是失败了。这一下子又让南君涛损失了十几万元。

"做醋以来碰到的坎坷确实挺多，由于拐枣含糖量比较大，拐枣粉碎不彻底而且还粘在机器上，这样的设备我们反复调试了很多次，后来买了绞丝机才解决了问题。"采访中这位汉子只把困难的历练当成了谈笑间的"故事"，殊不知这些"故事"却是他用不服输的拼劲

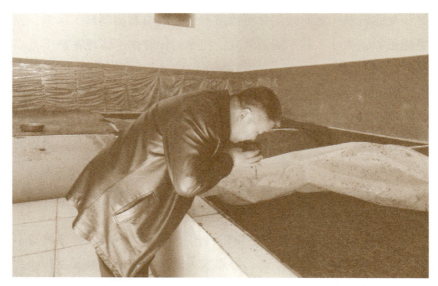

南君涛正在酿醋车间查看发酵情况（张伟 摄）

写出来的。

拐枣变醋，看起来容易，其实真正操作起来其中的苦只有做过的人最清楚。几经周折，南君涛的拐枣醋终于成了。他也成了旬阳拐枣酿醋第一人。每年能收购当地群众拐枣300多吨，为当地群众增收300多万元。

拐枣巧变醋带领村民在家门口挣钱

南君涛的拐枣醋厂位置特别好，一边是通向远方的襄渝铁路，另外一边是流向远山的奔腾汉江。水陆交通的便利给山里群众过上好日子带来了希望。

"作为这里出生的人，眼看着这么多的拐枣乡亲们卖不出，任由烂在地里，很心疼。我想通过我的努力，让这里的特色农产品产生更大的价值，让乡亲们的拐枣卖上好价格，让大家的日子过得好起来。"南君涛告诉记者。

南君涛将当地的特色农产品加工成了市场上独一无二的拐枣醋，一年卖出500吨，销售收入达800万元。

在旬阳当地，拐枣是当地群众的一种致富果，一般农村家家都有几棵树，一年基本不用管理，霜降后只需捡拾果子即可。由于拐枣树好养活，比较节省劳动力，村里的闲置劳动力通过参与拐枣产业也能很好地增收。

旬阳当地算过这样一笔账，按照一棵树产200多斤拐枣估算，村民种六七棵拐枣树一年可收入1000多元。当地拐枣的收购价一斤是一块四左右，对于农民而言比种粮食效益能好一些，是个致富的好产业。

在醋厂采访，跟随着南君涛的步伐，一点一点地了解拐枣做醋的工艺，方知创业者的艰难。

"收购拐枣，人工挑拣，尽量把枝条去掉。打碎发酵，加入醋曲和稻壳、麸皮等继续发酵。淋醋，让醋陈化。"随着南君涛的边走边介绍，经过数十道程序后，拐枣脱胎变成了香醇的醋，中间一个环节出问题醋有可能就做坏了。

目前，南君涛的企业是旬阳拐枣消耗量较大的企业之一，也是当地带动群众致富的明星企业。目前他的企业有固定的工人十几个，最多的时候用工有五十多人，企业自种300多亩拐枣，联合农民种植1200多亩，对于目前醋厂的规模，当地的拐枣基本够用。

家住旬阳县段家河镇薛家湾社区的段远崇家里种了4亩多拐枣，通过拐枣种植段远崇能收入两万多元。相比传统农业每亩5000元的

南君涛正在醋厂查看酿成的拐枣醋（舒隆焕　摄）

收入"天花板"，拐枣种植这种产业节省劳动力，收入也比较可观。

采访中，南君涛算起了收支细账。工厂务工能为当地群众带来200多万元收入，拐枣收购能带来300多万元收入。对于周边群众而言，家门口挣钱虽然不多但是日子过得很舒服。

为小拐枣谋"大作为"

"你看这个醋，果香十足。而且由于拐枣的保健护肝作用比较好，因此我们的醋基本都是回头客。销路不愁，目前担忧的是产能跟不上。"对于拐枣醋，南君涛颇为自信。

拐枣中富含糖、二氢杨梅素以及其他微量元素，保健价值颇高。但是由于深加工技术的欠缺和衍生产品的不足，导致当地的拐枣只能被群众用来酿酒或者烂在地里。

"怎么提高附加值，带动更多群众富起来，让拐枣这个产业好起来。"让乡亲们种的拐枣能产生更大价值，成了南君涛一直考虑的问题。由于产量的限制，南君涛的线上销售渠道尚未真正打开，未来将逐步完善线上销售渠道。

经过几年的快速发展，如今南君涛的小厂子已经注册为旬阳县天正酿造有限公司，拥有多个注册商标，并取得了国家发明专利，相关产品远销到北京、新疆、西安等全国各地。

做醋不易，卖醋也难。讲起销售中遭遇损失的事，南君涛至今记忆犹新。"当年在安康设立了一个办事处，由于各种因素办事处后来没有经营下去，半年时间损失了十几万元，非常可惜。"

对于南君涛而言，扩大产能、组建销售团队、拓展省内外市场、拓宽网络销售渠道是目前比较紧要的几个工作。用新想法、新理念让旬阳的拐枣产品走得更远，带着旬阳乡亲们富起来，是他最大的梦想。

整理生产好的成品，南君涛的拐枣醋即将走向市场（舒隆焕　摄）

"下一步我们最需要做的事就是继续做好深加工产品，随身饮用的拐枣浓缩汁即将推出市场。新建的厂房有一万多平方米，产量将有1万吨，可以让我们明年消耗1000多吨拐枣。"

对于目前的乡村振兴，南君涛也有自己的理解。作为靠农业吃饭的新农人，南君涛希望乡村的人气旺起来，乡村的资源能够通过乡村振兴盘活起来，让乡村的资源能够帮助农民在家门口致富。

"我是从事农业产业的，目标就是把眼前的事做到最好。我将通过做好拐枣醋带着乡亲们一起把拐枣产业做好，让旬阳的拐枣醋走出陕西、走向全国，让农民富起来，农村兴起来。"采访最后南君涛对于目前所从事的产业充满信心。

在南君涛的厂子外面，拐枣醋的香味飘向远方，驶向远山的火车鸣笛声再次响起。

退伍军人"玩转"无人农场，引得年轻人纷纷回流

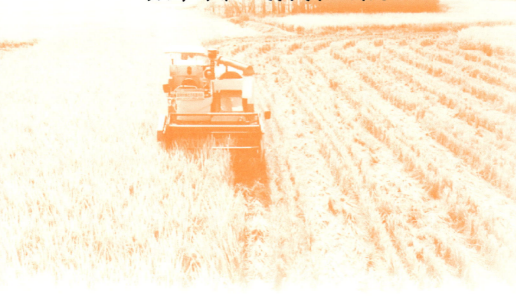

11月底，当北方已是寒风峭冬意浓，珠三角的田间却是另一派景象：稻穗将大地染成金黄，构成了一幅绚丽的秋收画卷。

对佛山高明区吉田村党总支书记钟志强来说，这是他最激动的时刻。在他的带领下，村里的"无人农场"今年迎来了大丰收，这也是我国首个"商用无人水稻农场"。

从经济薄弱村到走向"智慧农业"，吉田村的这块无人农场不仅凝结着钟志强的心路历程，更承载着他对乡村振兴的坚定信念。

"作为一个基层的村干部，要在坚守农业建设的基础上创新，带

佛山高明区吉田村党总支书记钟志强（官文清　摄）

领乡亲们致富。我理解的'新农人'，就是要以新技术、新科技来发展我们的农业。"

人到中年再出发

当过10年兵，在企业摸爬滚打了七八年，钟志强怎么也没想到，步入中年自己会回到家乡，和土地"打交道"。

2014年，他在广东一家企业工作，月薪近6000元。本以为能平静地过自己的小日子，直到吉田村的村级组织找到他，希望能参与家乡的建设。

"回到家乡工作，月薪只有2000元，差距还是比较大的。"尽管犹豫了很久，但军人的特质还是让他下定决心。"作为一名党员，同时也是一名军人，这种时候还是要放下眼前的利益，带领村民共同致富。"

在海南当兵十年，当地较为发达的现代农业给钟志强留下了深刻印象。"我们高明的地形地貌特征和海南比较类似，可以围绕水稻、粉葛这些农产品来发展产业。"

集约化是发展现代农业的关键，但摆在钟志强面前的却是一块块破碎的土地。"有侵占耕地的情况，也有机动田到期没有交出来的问题……"

2017年，钟志强当选为吉田村党总支书记、村委会主任后，立即成立了清产核资工作小组，统计村集体土地和私人土地。仅3个月时间，便将所有的集体土地收回。

"总面积是500多亩，我们全部收回重新发包，村集体经济一下

几年前的吉田村（黎培生　摄）

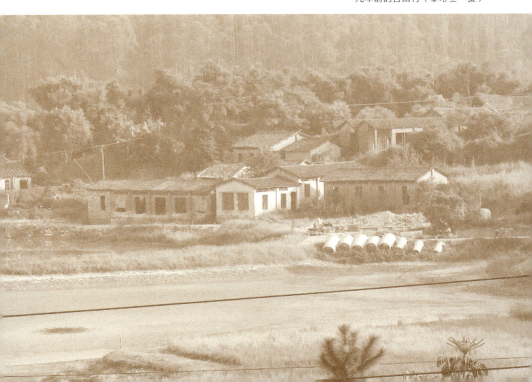

子就增加了80万元！"

就这样，钟志强为吉田村的发展攒下了"第一桶金"。

土地有了，接下来就是如何发展经济。2018年吉田村的村集体收入仅为19.6万元，在2019年被广东省定为经济薄弱村。

恰好在那一年，高明区启动农村拆旧复垦工作。钟志强紧抓政策红利，在吉田村率先实施拆旧复垦改革，将93亩土地纳入了拆旧复垦范围。"这些地块拆旧复垦，我们每亩到手是36万元，除了保留部分资金来做基础设施外，每个村民分红领到1.6万元。"

拆旧复垦工作的落实，让吉田村的集体经济收入实现了"质的飞跃"。2020年，村集体经济收入达到3200万元，4年实现翻四番。

钟志强兴奋地告诉记者，这是一个巨大的变化。"我刚上任的时候，村集体还欠了2300元，连电费都交不出来！"

饮下"头啖汤"

"六山一水三分地"，独特的地貌在很大程度上制约着吉田村的发展。劳动力人口纷纷外出务工，村里只留下老弱妇孺，让这里成了一座"空心村"。

"造成了很多田地丢荒。"回忆起当时的情形，钟志强很是痛心，也促使他坚定地发展高科技农业，解决低效耕种及劳动力不足的问题。

"我们必须要走深一步、眼光要放长一点，把传统农业慢慢转化为高科技的智慧农业。"这是钟志强常念叨的一句话。

然而，有了钱，有了地，怎么去发展现代农业？怎么去招商引资？钟志强还是一头雾水。

自己不会，就走出去学习别人的经验。在四川和浙江学习考察回来后，钟志强就下决心，参照两地的经验和方法，通过"村集体＋公司＋农户"的方式来发展吉田村的产业。

恰逢此时，中科智慧农业创新研究院开始在佛山打造智慧农业产业链，开展智慧农业相关技术研发、应用和示范，这与钟志强的想法不谋而合。

2020年12月，中科智慧农业创新研究院携手广东高明产业创新研究院、高明区供销合作社、高明区更合镇吉田村民委员会，共建"高明吉田智慧农业园区"。

园区规划有"无人水稻农场"、智慧化建设园区以及趣味采摘区等项目。2021年3月，无人水稻农场正式启动建设，前期投资400多万。

无人变量施肥机正在田间作业（官文清　摄）

起初，钟志强还是有些担心，三天两头往农场跑："以前我们都是插秧或者抛秧，无人机旱地直播水稻还是第一次，能不能成功？稻谷能不能长出来？"

很快，他的疑虑便被打消了。

无人水稻农场采用5G和卫星导航技术，实现水稻耕、种、管、收全流程无人化操作，8分钟就能割完一亩水稻。同时，园区内的中控系统可以实时监测无人化设备的使用情况和土壤各种指标，实现"智慧种田"。

"这些设备，包括旋耕机、收割机、运粮车，还有水果采摘机器，都是没有人开的。"这让钟志强十分兴奋，"人力成本大大减少！产量相比之前提高了200—300斤每亩！"

逐步实现的"地图"

2021年9月，吉田智慧农业园区入选广东省第七批农业科技园区建设名单；11月，该项目工程验收顺利通过……接二连三的好消息，更加坚定了钟志强发展现代农业的信心。"前几天江西打电话来说，也想租我们机器过去收割稻谷。"

看到无人设备这么"火"，当地村委商量打算成立一个"农机滴滴"服务队。"村民在网站上预约农机服务，我们把无人化设备拿到他的田头上服务。"

在钟志强办公室的墙上，挂着一张吉田村的地图，这也是他的"现代农业地图"。

"这里是无人水稻农场、这里是禅农文旅小镇、这里是千亩山地绿化项目……"说起吉田村的现代农业规划布局，钟志强如数家珍。

钟志强在吉田村智慧农业无人农场监控大屏前介绍情况（官文清　摄）

2021年1月，吉田村引入禅农文化旅游项目，重点发展生态农业、花海民宿、文旅产业古村景观旅游，计划投资2200万元，将于2022年建设完工。

与此同时，钟志强还带领村党总支部推动了无公害豆芽生产基地、千亩山地绿化树项目、苗菜基地建设项目等多个产业项目。

"年轻人也愿意回流到村里，学习无人机操控技术，或者做文旅产业。"说起这些，钟志强晒得黝黑的脸上泛起笑意，"我们马上要举办第一期的农机培训，让年轻人才学习新技术，发展高科技农业。"

对钟志强而言，心中的"现代农业地图"还在不断完善中。"按照我们的'十四五'规划，还要继续引进高科技的农业产业进来，让我们这10平方公里土地成为高科技农业的示范！"

从大山走向世界，
佤族阿姐把国潮咖啡种"出圈"

芒冒村的咖啡红了。

在田野，在山地，在沉甸甸的枝头，在层层叠叠的绿叶下，在轻轻抚过的指缝间。一颗颗饱满鲜艳的咖啡鲜果，被风吹起，阳光下流动的红色，愈加映红了佤族阿姐的脸庞。

2021年11月下旬，芒冒村迎来了当年咖啡果成熟季的头茬采摘。这比往年成熟得要早一些。清晨一大早，叶萍就和同村姐妹们下了地。身着独具特色的佤族服装，斜挎颜色鲜明的民族手工挎包，再背上一个小背篓，精选采摘一颗颗咖啡红果，说说笑笑，时不时还哼着佤族民歌。

白云悠悠，山路弯弯。悠悠的歌声飘荡在大山里，显得格外纯净。叶萍对着红遍山坡的果子拍了个小视频，发了个微信朋友圈，配文为：心中的日月星辰。

一闪一闪亮晶晶，挂在云边数不清。日月星辰雨雪风，归来仍是少年时。

为了一块留得住的土地和一个留得住的产业

云南省作为西南边陲独特的一片土地，被称为彩云之南，"浪漫、美好、绚丽多彩……"这样的字眼同它的名字一样在无数人的脑海中萦绕、徘徊。

但也许有人并不知道，在云南边境地区尤其一些山区农村，因地处边远，交通不畅，信息闭塞，人们思想过于保守守旧，社会经济发展还比较缓慢。

云南省普洱市孟连县富岩镇芒冒村，就曾是这样一个村子。过去，在这块地处海拔1670米的山梁平地，农作物一直以种植价格低廉的甘蔗、玉米为主，收入来源单一。

今年40岁的叶萍是芒冒村村民，中专毕业的她是村里为数不多读过书的女子。"种甘蔗和玉米需大量强壮劳动力，费时费工，收入不高，甚至有的贫困家庭吃不饱穿不暖。"这是叶萍幼时的记忆。每看到邻居这种生活状况，她就想着怎么改变。

"一个地方必须有一个带头人，才能带动经济发展。"这是叶萍从读书时代到2001年参加工作后反复的思考和领悟，也是一直的信念与坚持。

2006年，叶萍辞去了工作。2007年，利用当地优越的自然条件，她和当时担任村主任的丈夫带领村民种植茶叶。稍有成效时，善于观察的她又了解到芒冒村还具备种咖啡的天然优势，同时也看到一些闲置土地被长期荒废。

叶萍说："这些土地可能被流转作别的不该有的用途，有的租地只有暂时利益，一租长达三五十年，土地可能慢慢就流失了。下一代是否还能有属于自己的土地呢？""土地很珍贵。我们可以什么都没有，但土地一定要留下来。"她爷爷在世时常说的话，给了她很大启示，对土地的情结和保护意识在心里悄悄扎根。

种茶叶与种咖啡互不冲突，不但能提高土地利用率，还能留住土地和一个可持续发展的产业，叶萍坚定了种植咖啡的决心。2010年，她成立了孟连天宇咖啡农民专业合作社。

种咖啡是大胆尝试。为动员村民参与并保障村民利益，叶萍承诺：如果卖不出去，她就自费收走。最终投入种植的只有20多户、总面积不到100亩。

但种咖啡不像种茶叶那么简单，因种植技术经验欠缺，咖啡苗成活率一直不高。一年栽种三年结果。好不容易熬到2013年底，却又遭遇严重霜冻灾害，导致快投产的咖啡树大量死亡，不仅亏损严重，还严重打击了村民种植咖啡的信心。

但挫折和失败并没有击垮她，反而激励着她更下定决心把咖啡种好。2014年，她把合作社种植面积扩大到500亩，加强专业学习培训，不断总结经验、寻求突破。

咖啡要种在向阳处，小苗弯根的地方要剪，管理时不能用除草剂，施肥以咖啡树冠滴水线为主，咖啡采摘后对枯枝修枝……蜿蜒曲折的山路，一高一低的丘陵，她每天要走上5公里。

叶萍在采摘咖啡果（汪宁　摄）

　　叶萍说，做咖啡的人心中总有一种坚持，而作为一个大山里的农民，想带领村民尝试做一番新事业，更要坚毅不放弃。

　　目前，天宇咖啡合作社参与咖啡种植的村民已发展到221户800多人，种植面积扩大到2070亩，合作社咖啡豆年产量达120吨，几年的时间内，产量和收入翻了好几番。

相夫教子的同时有了更多生活技能

　　来自天宇咖啡合作社的咖农，一大半是女性。

　　而曾经，在思想守旧的芒冒村，由于家庭经济来源单一，她们连想买一件喜欢的衣服都难，加上受佤族传统观念影响，村里多数女性读书较少甚至没读过书，种甘蔗和玉米给她们带来沉重负担，但抛头露面做事业相对不被推崇，甚至可能引来闲言碎语。

来自天宇咖啡合作社的咖农一大半是女性（汪宁　摄）

　　"时代在进步，思想也要进步！"也曾受到指指点点的叶萍希望帮姐妹们突破束缚，解放思想、解放劳力，接受新知识新理念。她建了微信群，线下指导咖啡种植技术经验，线上分享成果及先进思想，并通过抖音及其他网络平台宣传售卖她们的民族风手工制品。

　　随着种植规模的扩大和咖啡质量的提升，隐蔽沉寂的村子变得热闹活跃起来，迎来了纷至沓来的四方宾客，从销路单一到足不出户订单就源源不断，叶萍成了云南女性的榜样与力量，跟随她的姐妹们也学到了技术，增加了收入，转变了思想。

　　芒冒村28岁的叶锐和25岁的叶辉告诉记者，挣钱多了可以买喜欢的衣服了，这让她们这些女孩子感到很开心，相夫教子的同时有了更多生活技能，面对镜头不再羞涩，还喝到了自己亲手种植的咖啡豆做成的饮品。以前认为女孩读书没太大用，现在觉得有用；有梦想敢于尝试努力，女性也能撑起一片天……

　　叶萍表示，未来两年，她想带领姐妹们多出去走走，见证她们的咖啡市场，学习更先进的技术，进一步改变她们的见识，共同做大做强云南咖啡。

做精品咖啡　打造中国质优咖啡品牌

傍晚时分，芒冒村的村民们纷纷拉来当天新采摘的咖啡果，找叶萍称重、结钱。旁边的发酵桶和晾晒架飘来丝丝香甜的味道，正在"蜕变"的咖啡果在夕阳的余晖下，依然彰显光彩。

"八达山、半山、下冒、石头山……"叶萍一笔一画给村民交来的咖啡果袋子上写明分类。她说，不同的山头种出的果子不一样，后期加工也不同，要做好咖啡，就要把每个环节的工作都做精做细。

虽然孟连县大规模种植咖啡已有30余年历史，但早期咖啡品种单一且不够优质，以生产商业豆为主，没有定价权，沦为一些国际大公司的廉价原料供应地。咖啡产业也随着国际市场商业豆价格的波动，时常因市场销售不好导致"咖贱伤农"的情况。

每天至少三次用手抚匀和感知咖啡果晾晒厚度（汪宁　摄）

为什么不发展精品咖啡？"精品咖啡豆根据品质定价，价格至少是商业豆的十几倍，村民想真正实现靠种咖啡增收致富，还是要走精品路线，打造出代表孟连乃至中国的精品咖啡！"叶萍说，她有了新的发展方向：要突破当地咖啡产业发展面临的这一难题。

叶萍开始留意精品咖啡信息，参加精品咖啡知识培训班，买不同国家的咖啡豆研究学习；严格按照精品咖啡的生产要求去管理咖农和咖啡树；始终坚持手工一颗颗采摘，绝不使用色选机；改良创新用发酵桶发酵，放弃传统的塑料袋；为减少污染和做出独特味道，保证每一颗果子都被均匀照射，她购置200多个晒架，每天至少三次用手去抚匀和感知咖啡果的晾晒厚度；改进生产设备，提升加工工艺，合作社的经营模式也从过去单一的生豆售卖，到如今可以自主完成部分成品豆加工生产环节，逐渐向种植、加工、生产一体化的综合性咖啡产销平台发展；引进不同咖啡品种培育种植，优胜劣汰，2020年，叶萍还引进品质优、产量高、抗病强的新品种。

为提高土地利用价值，叶萍还进行生物多样性尝试，发明出牛油果与咖啡套种的种植模式。

继获得2018年第三届云南咖啡生豆大赛暨第六届普洱咖啡生豆大赛冠军后，在2020年第五届云南咖啡生豆大赛暨第八届普洱咖啡生豆大赛上，叶萍和她的咖啡豆以非水洗组84.2621的高分再一次获得冠军。

现在，芒冒村出产的精品咖啡不但受到全国的追捧，也成为代表精品咖啡的"孟连红"、"中国红"，赢得国外市场。

从默默无闻到花开世界，越来越多的国内外咖啡爱好者了解到中国也同样拥有高品质的精品咖啡，咖啡逐渐成为"新国货"，也成了当地村民增收致富的"金豆子"。见证了咖啡品质提升的叶萍，对云南咖啡的美好未来和无穷潜力更有信心。

晒架上的咖啡果（孟连县委宣传部）

叶萍参加咖啡生豆大赛（孟连县委宣传部）

"一个人富不算富，一起富才叫富"

刚种咖啡的前几年，叶萍从未喝过咖啡，也不懂咖啡文化内涵。她说，这是咖农的普遍情况。对他们来说，这只是一门致富渠道。

直到2017年，叶萍喝了人生中第一杯咖啡才意识到，如果连咖农自己都不知道种出的咖啡什么味道，又怎能真正做好咖啡呢？叶萍开始注重让咖农们参与品尝分享和交流咖啡饮品。下一步，她还要不断发展完善加工设备和技术，让更多咖农随时喝到自己亲手种出的咖啡豆做成的饮品。

"黑咖啡黑咖啡，许多年才喝这一杯。"

咖啡与云南，叶萍与人生，酸甜苦涩与美好浪漫。叶萍说，第一次喝咖啡很苦很苦，回味好一会儿才感受到甜。咖啡就像人生，经历过苦才会尝到甜头，最后是享受它带给你的所有一切。

盛满草木春秋，越过山川湖海。

大山中的芒冒村（孟连县委宣传部）

忙碌过后，咖农姐妹们聚在一起谈天说地（汪宁 摄）

轻柔的晚风掠过，在芒冒村村民岩三砍开设的特色餐馆，叶萍和远道而来参观并订货的客人谈商论道。她说，现在，芒冒村已成为许多咖啡爱好者关注之地，吸引国内外咖啡行业人士考察学习，这个餐馆也应运而生。叶萍憧憬着，未来的芒冒村也能成为旅游村，游客一边采摘咖啡豆一边体验民俗，带动当地旅游经济。

"一个人富不算富，一起富才叫富。"叶萍说，她想成为的新农人是改变现有的、局限的、落后的东西，或者自己想到了别人想不到的先进可行性理念，起一个带头作用，带着大家一起去发展创造价值。

晚饭后，天边的月亮缓缓升起，月光与灯光交汇相融，蟋蟀叫声此起彼伏。在这个云边小村里，在咖啡果晒架旁边的文化广场，音乐响了起来。

天上一颗星，地上一粒果。日月交替是征程，触手可及是荣耀。

伴着星光下的佤族舞蹈，叶萍和姐妹们的欢笑声回荡在夜色中。

创业失败返乡疗"伤"，
她的乡间日常感动千万粉丝

  名为"乡愁"的抖音号，如今拥有1900多万粉丝，发布的200多条短视频里，主人公沈丹大都安静干着手中的活，或在锅台灶前熟练地张罗饭菜，或在乡间小路上悠闲地骑车、遛狗，有时在田间地头务农，有时在开阔的后院晾晒农产品，没有过多的语言修饰，武夷山的一切构成她背景中一道亮丽的风景线。

  视频大多能获得几十万甚至上百万点赞。观看的网友不仅沉浸在返璞归真的乡土人情中，也为沈丹的生活热情所打动。有人说，"乡愁"的作品之所以动人心弦，是因为在当代的喧嚣中开辟了一方净土。

很多网友问沈丹，为什么不借助粉丝数量去做直播，打赏的金额会很可观。沈丹说："如果只抱着'吸粉'的态度去更新账号，期望越高失望就容易越大。生活和事业都需要一份平常心，一时得失不重要，看开之后也许会收获意想不到的惊喜。"

沈丹想的是要把地方宣传、文化推广融入生活，用朴素的话语让大家了解武夷山、了解福建。在她看来，家乡风物，饱含每个人的乡愁。如何让乡愁不再愁，让乡民不再愁？只有讲好中国故事，以文化为笔墨绘就美好画卷，才能让特色农产品不囿于"网红"称号，具有历史沉淀和价值，才能真正有效帮助村民增收。

创业失败　返乡疗"伤"

沈丹原名沈枝丹，是福建省武夷山市洋庄乡坑口村人，23岁时与爱人分手，坚定选择生下女儿，独自生活。为了给孩子更好的生活，沈丹先后尝试做过锯板厂的小工、酒楼里的服务生，后来又在家人东拼西凑、亲戚朋友借款、农村小额贷款的基础上，与朋友合作创业，办起了瓷砖加工厂。谁知投资设备后，朋友并未追加后续款项，彼时的沈丹没有退路，只能硬着头皮冲上前。

吃苦耐劳、能跑业务，短短一两年的时间，厂子便在沈丹的带领下步入正轨，处于盈利状态，她乘胜追击开了第二家分厂。就在沈丹觉得生活逐渐拨开云雾的时候，"三角债"的困扰随之而来，房租开销、工人工资、货物款项压得她喘不上气。"当时有个朋友，很好的朋友，说资金周转不过来，我答应做担保，结果最后朋友跑路了，我只能卖掉厂子。"在20多万人口的小城，建材加工行业竞争

沈丹

尤为激烈,硬撑困难,弃之可惜。

已欠下巨额债务的加工厂,让而立之年的沈丹体会到一夜之间从头再来的苦。她问自己:"最早从农村出去是为了什么?""厂、房、车都买了,后来又都没了,兜兜转转的几年,做违心的事、说违心的话、接触不愿接触的人,反倒把快乐弄丢了。"

沈丹终于明白,人,要为自己活一次,要遵从自己内心的想法去过日子,于是她踏上了回家的路。她对故乡有情怀,渴望回归本来的生活,但再次踏上这片熟悉的土地,心头依旧百味杂陈,每每把自己关在家里,一待就是一天。"村里的村民会认为混得好的人都在城里,混得不好才回农村。"怎么不出去工作?为什么带着个孩子?闲言碎语数之不尽,一度让沈丹非常难受。她不断寻找精神支点、情感寄托,害怕负能量影响身边的人,不得不把认识的人都拉进社交"黑名单",悄悄在抖音上宣泄无处释放的情绪。

"火"了纯属意外

"乡愁沈丹"大名远播,沈丹成了远近闻名的优秀青年代表,但她总说,自己"火"了纯属意外。

2018年1月22日,创业失败回乡的途中,沈丹在出租车上发布了第一条抖音视频,《回忆总想哭》一遍遍循环播放,经历似在她眼前缓缓铺开。"从小家里条件差,照片少之又少,最珍贵的就是小学毕业照了。但我喜欢记录生活中的点点滴滴,第一个作品纯粹是出于这个习惯,配上一首符合心情的歌,标题和文案都没有。"

后来,沈丹开始记录女儿的成长、家人的欢聚和自己的辛勤劳作,账号慢慢有了起色,粉丝数量也有了明显增长。她说:"能引起共鸣，有人喜欢和认可自己，这大概就是我坚持发抖音的动力吧。"

光阴荏苒，女儿到了上学的年纪，沈丹的视频"素材"越来越少，只能将目光聚焦到自己身上，试图挖掘新鲜事儿。村民去山上干活，沈丹请他们帮忙拍照录像，但他们普遍表示不理解，即便有人答应了，拍摄出的画面也不完整。后来沈丹干脆自己买了三脚架，给大家展示原汁原味的乡间生活。

2020年11月，沈丹的小团队正式建立，由当地几名"95后"学生组成，包含客服、摄影、运营等工作人员。曾有不少机构闻风而动，试图用千百万的收益说服沈丹，用体系化运营的模式变现。对于常人来说很难不对这个数字动心，但"厚德载物"的初心告诉沈丹，商业化团队不可能体会她对家乡的深厚情感，也不可能体会她对积极打拼的深刻理解，只会以卖货为目的，一味迎合粉丝喜好。"其实在农村待久了，整体的物质欲望会降低，钱的多少真的没那么重要。我更想要追求一份事业。"

走上"二次创业"之路　带动大家致富

背靠生养自己的土地，沈丹制作的视频获得网友喜爱。经过一段时间的沉淀，她毅然决然走上"二次创业"之路——借助短视频平台，帮村民售卖农副产品，带动大家致富。

"农村人太不容易了，挣钱非常难，只要是我力所能及的事情，我都义无反顾。"沈丹深知，若自己的事业成为庞大产业链中的一环，固定厂家供货，自己负责卖货，轻轻松松就能"躺赢"，可她却偏偏走了条险路：自己打造产业链。"我不想为了某企业做事，我要做我自己的事业。"

沈丹（右二）
和村民

　　着眼村里现有的东西，熏鹅、笋干、莲子、葛根粉……都只能挨家挨户回收，无法保证品控，无法做到量产，也没有食品生产许可和经营许可证。沈丹转念一想，茶叶可以。于是，她与农村合作社对接，在村里建起厂房，推广家乡好物。

　　"农民需要靠这些收入生存，而我不知道能卖多少，生产和包装又都是不菲的费用，确实是摸着石头过河。"虽然沈丹始终秉持着"做一杯有温度的茶、老百姓的口粮茶"的理念，但做规模化的企业并没有想象中简单，她不敢轻易承诺。"粉丝就像朋友，村民就

沈丹在逗狗

像家人，他们对我期望很高，这种期望既是压力也是动力，容不得失误。"

孩子无疑是支撑沈丹前进的动力源泉，而她做到了，给自己爱的人和爱自己的人更有奔头、更充满希望的生活。女儿说，"妈妈是超人"。沈丹的确把自己活成了一座"山"，她似乎无所不能，就连操作会令很多女性望而却步的大卡车和铲车都不在话下。她把自己当作最值得信任的对象，并常常自勉："没有我不行的，别人能做的我可以，别人能吃的苦我也可以。"

知足常乐　"即便失败也问心无愧"

沈丹的视频在国内外热传，事业也越做越红火，成了名副其实的"网红"。有的粉丝怕她辛苦，邮寄砍柴机、手套等物品，还提醒她要多喝牛奶补充营养。还有不少粉丝慕名而来，期待和她一起感悟生活、找寻幸福。面对不远万里来到自己身边的粉丝，沈丹的感激之情溢于言表，她一直觉得是粉丝们成就了她。"有时候挺惭愧的，也有点心虚，更觉得要把事情做真、做实，对得起自己，也对得起粉丝。"

但偶尔，沈丹也会感到苦恼，她直言："人们风尘仆仆地赶来见我，我不能不管不顾，安排吃住等等都是应该做的，可生活总还是会受到一些影响。说实话，这就是光环对应的'代价'，我只希望知足常乐，过好自己的生活，也希望大家过好自己的生活。"

网上把她和李子柒对比的声音也越来越多。面对突如其来的比较，沈丹说："我很理解，也很明白，自己就是普通人。李子柒的生活是我所向往的生活，但她是她，我是我，农村里的每位劳动者都特别不容易。我的账号做出了一点点成绩，得益于真实的情感输出，但未来还是存在不确定性，所以我就以记录生活的方式顺便做一份事业，养家糊口，即便有天失败了也问心无愧。"

如今，沈丹不忘"丹"心，成立了"丹心可鉴"茶叶品牌，让大家一起见证她的事业。她说："走得再远，我都会记住来时的方向，我愿意作为年轻人返乡创业的代表，为家乡腾飞助力，为推进美丽乡村建设助力，为乡村振兴助力。"

远山的回响

第三季

山乡自有山乡的美

清华博士当起"新村民"：
用乡村之美连接人、吸引人

如果问你盛夏最想去的地方是哪里？其中一个选项或许是海边。

大水泊镇，是山东威海的一个小镇。这里草木繁茂，离海很近，满足了建筑博士李久太的所有幻想，但这里"空心村"也最多。2017年，李久太应朋友之约来到这个小镇，没想到这一来，让他抛下了过去所有的名与利，甚至把北京的房子都卖了，在这儿心甘情愿地留了5年。

李久太出生于河北唐山农村，从小在村里生活，他见过农田的露珠、见过打鼾的黄牛、见过连绵的小溪……大自然的馈赠让李久太对美开始有了想象。从哈工大建筑专业毕业后，由于成绩优异，李久太直接攻博到了清华大学。学习建筑12年，见过了太多种"美"，但无论去过多少城市，走过多少路，他总觉得还差点劲儿。

"每个人心中都住着一个陶渊明"，这是来到初家村后，李久太终于想明白的一件事。

2017年，初家村与众多偏远农村一样，人口稀少、老龄化严重、特色产业缺失，村落砖瓦破损、杂草丛生。但是，"狗吠深巷中，鸡鸣桑树颠"，正是这种最原始的乡村"肌理感"吸引了李久太。

"唐山经历过大地震后，好多房屋都重建了，仿佛一切都是新的。在唐山农村，空间和自然的体验并不像这里，好像有过几百上千年的历史沉淀感，砖石都经过上百年风吹雨淋。"对自然的向往，李久太在初家村得到了满足。

就这样，李久太下定了决心："我觉得我能做，我能做这件事。"

能做什么？做成什么样？李久太从来到初家村就无数次问过自己，但答案都是一个："我想重建一个我心中的理想乡村。如果乡村需要有人投身建设，我理应是其中一员。"

盘活"动人"的农居

林壑静，水云宽。在文登区三岐山上，群山莽莽之中，抬头望去，有一处白色小屋悬挂在山谷中，仿佛置身于山中的青白炊烟。这就是李久太在大水泊镇的第一个建筑作品，设计谷。

乡村振兴，怎么干？起初谁都没有头绪，但李久太认准一件事，就要干到底。

2017年，李久太和大水泊镇政府签订合同，卖掉了自己在北京的房产，选择在三岐山上一处废旧的厂房，打造了四栋别具风格的建筑。在他看来，这片土地就需要有这样一个建筑，他想先打造一个类似示范区的地方，这里的设计都是为了释放大自然本来就有的价值和能量。

"所以你会看到那个房子是一个桥的形状，是为了告诉人们这里有一个山谷。山上'飘'了一座房子，让人知道这里是最高点。你看到那边有个水池，水池里'泡'了一座房子，人们需要划船过去。"就是这么纯粹，无论是在设计还是在建设乡村上。

李久太在表达建筑的时候，不是在考虑建筑应该设计成什么样，而是这个地方到底哪里特别动人，怎样才能把动人的东西释放出来。

设计谷的落成给了李久太巨大的信心，也开始"聚人气"了。

恰巧清华大学乡村振兴工作站开始在全国设立站点，李久太担任起了文登站的站长。工作站那时候还没有建成，李久太自己一个人代表整个工作站，一切都还在摸索中。

李久太和当地镇政府开始探索乡村振兴的方式，村中年久失修闲置的空房，激起了他的改造热情。他担任起了"首席专家"，成为一位"新村民"。他跟村里商量，能不能把这些房子流转给他，他进行房屋改造，之后还给村民一个经设计师们修葺一新的房屋，村民仅凭流转房屋便可收入20万元。他还流转了镇域内的180亩撂荒地，每年交付村合作社十多万元租金。

他想用创意盘活闲置的农房，打造成具有传统韵味的特色民宿，也能带动原来的村民改变生活方式。

看着李久太眼中的坚定，初家村党支部书记、村委会主任王汶旭很欣喜，竭尽全力地想帮助这个外来博士。立马说要把自己的房子提供给他，他家的基础比较好，还可以很快入住。在村民眼里，马上可以住的房子是好房子，但李久太却看中了村中那些塌顶的、长草的破败房子。他说："能创造出美好效果的才是好房子。"

什么都别说　做就好了

农村改造不是件容易事，这个李久太很清楚。

村民对于这个年轻的外来博士，秉持着好奇和疏离，他们不知道他想做什么，也不知道他能做成什么。李久太开始动工，就像一个医生要给这个萧条的村庄"诊病"。房屋的结构、样式、布置，他逐一敲定。

在建筑设计上从来难不倒李久太，但难在人情。很快李久太发现许多问题接踵而至。

这天，隔壁邻居一大早叫停了李久太的工地，李久太着急忙慌来到村里。原来是他们改造的房檐比邻居家高出一点，邻居不乐意

李久太的部分设计手稿（黄玉玲　摄）

了。在村里，房檐比邻居高是很忌讳的一件事。在这之前李久太设计建筑从来没遇到过这个问题，但如今房檐都起来了，再修改无疑给施工造成了很大困难。看着邻居不依不饶的样子，李久太犯了难，王汶旭也帮着调解，最终双方协商后达成了妥协。

在房子改造的过程中，李久太想在旁边支一个架子，方便人能在上面活动，占地面积不大，但旁边的地是一片闲置菜地。村民知道后来找李久太，觉得他占用了自己的地，需要付500块钱。钱给了，李久太以为这问题解决了，但等房屋建好后，村民又来找他要钱。李久太当下生气了，怎么给过了还要钱？"前面的钱是你用地的钱，现在上面长了葱，这个地上的葱你也得给我钱。"李久太有些哭笑不得，但想想老人也不容易，便又一次给了钱。

维护村情关系也成了李久太的一门必修课。大多与村民出现争执的时候，他都选择了妥协，想做的事情太多便化成了动力，让李久太忽略了这些委屈。

"在大水泊的这些首席专家们，没有一个在这儿没掉过眼泪的。都是委屈到哭，有时确实需要一个情绪的出口。"

你哭过吗？

"当然，我曾经有次下大雨自己一个人在车里大哭。"

是什么事呢？

李久太不愿多说，他觉得，做就好了。

在李久太的努力下，村里有了"新样"。眼看村里的路变干净，房屋有了改变，村民们开始尊敬这个博士了。

"你会发现这些村民有的时候也很可爱，他可以因为地上的葱跟你计较500块钱，但是我们施工的时候遇上下雨，水泥堆在外面，老人却能想到用一个东西帮我们罩起来。"正是这些，让李久太觉得自己干的一切值得。

把人才用"活"

走进初家村，红瓦白墙错落，与稻田相望。院落虽小，却能仰望碧空，信步遐想。

"我参与乡村振兴有一个愿景，就是希望通过我们的努力把生活之美带给别人，让城里和农村没有分明的界限。农村可以变得跟城市一样好，甚至比城市更好。"

这个答案就是人才引领式的乡村振兴。

在李久太的带动下，2018年，在大水泊镇已有十几个村开始进行"新村民"招募活动。初家村统一流转的33户闲置民房，被设计师们自己投资改造成宜业宜居的新家园。

建筑设计展、水墨艺术展、国际建筑师沙龙……没人能想到这些"高大上"的元素会和乡村结合在一起。目前这个人口不足4万的小镇会聚了16名博士、教授级专家和200多名城市精英，使这个平淡无奇的小山村华丽转身，成为集设计创作、教育交流于一体的旅游度假"网红小镇"。

李久太和这些来到大水泊镇的专家、学者们认为，乡村振兴核心问题是空心化、老龄化。把人才用"活"了，就拿到了打开乡村振兴新局面的"钥匙"。

为了吸引"新村民"入驻，每个村子都有一个牵头人。在大水泊镇，村民们亲切地称他们为"首席专家"，进而面向全国招纳更多高层次人才。

从北京师范大学毕业的博士李林，是大水泊镇瓦屋庄村的首席

初家村里经过改造的民居（黄玉玲 摄）

专家，为了帮助瓦屋庄村解决贫困问题，李林联系到一位朋友，这位朋友正是大漫画家毕克官。历经两年的筹备与打造，李林在这里建起了毕克官美术馆，这也是威海历史上第一个乡村美术馆。瓦屋庄村在美术馆的带动下，成了远近闻名的"漫画村"。

李林认为："就像过去我们提到'刘姥姥进大观园'，是形容一种村里人到城里的感觉，但现在恰恰是城里人到村里，就像刘姥姥初进贾府的感觉。"

李久太也反复强调："农村不比城市差，我们建设的农村甚至比城市更好。"

"新村民"的到来，让"老"村民们感受到了实实在在的变化。

"李博士没来之前，村里没有这么干净、整齐，房子也没改造。现在太好了，简直是芝麻开花节节高，一天比一天好。"现在村民们都亲切地喊李久太"博士",他们觉得这个博士能解决很多问题。"村里项目有了,环境好了,文化活动也多了!"王书记感慨道。

除了通过流转房屋给村民带来收益,李久太还给村里出产的地瓜注册了"薯国演义"商标,采用基地直供的形式将地瓜销往一线城市。原本1元一斤的地瓜卖出了5元的高价,带动了村集体增收和村民致富。

李久太说:"'新村民'招募活动长期有效,如果你对乡村有热情,愿意驻扎在乡村里面干点儿自己喜欢的事儿。哪怕只是做一个自己理想的田园居所,我们都愿意大力支持。希望能够协助'新村民'把他的梦想落地。"

李久太就是这样的一个梦想家。一直在践行他的梦想,如今快要实现了。

瓦屋庄村的毕克官美术馆(黄玉玲 摄)

来当"新村民"！名校学霸：
乡村是一幅大画布，任你去创作

　　从农场到王婧居住的小院，要走一段乡间小路。

　　清晨，走在路上，会看到薄雾随太阳升起一点点退去，闻到微风沾着青草、泥土的清香。

　　"脚踩在乡村的土地上，会有一种真实、踏实的感觉。"王婧说。

　　北大法学系毕业的王婧，曾在一家国际组织工作，公司坐落于北京繁华的市中心。朝九晚五的工作，化精致的妆、喝咖啡、组织各类会议是她习惯的生活。

　　但日复一日的重复也让王婧心底开始有了其他的"渴望"，能不能干点更有意义的事儿？多年食品与环保方面的工作经验，能不能创造更多能与他人连接和分享的价值？琢磨、酝酿、再琢磨……"打造一个生态农场，向人们呈现一种从土地到餐桌的绿色生活方式，带动乡村发展"的想法诞生了。

后来，在旭日初升与落日余晖的时序更换、春生夏长和秋收冬藏的四季交替中，她渐渐感受到土地与自然生发的力量。

建一座有面包窑的农场

夏日的农场充满色彩与生机。一进大门，便是满眼的绿色。黄色的金盏菊、粉色的凌霄花、紫色的牵牛花……点缀其中。城里来的七八个孩子"撒欢"地跑，荡秋千、走原木、玩沙子。院子里充斥着蝉鸣、鸟叫和孩子们的欢笑声。

一棵椿树矗立在主屋前，树下萱草茂盛。王婧戴着一顶卷边的小草帽站在树旁，目光追随着嬉闹的孩子们，笑意盈盈。

她留着短发，素面朝天，能看到脸上的小雀斑。"以前没有，可能这些年总在外面晒的。"宽宽松松的裤脚处沾了些泥土，她随意拍了拍，笑着说："穿着舒服，防晒。"

王婧带我们穿过篱笆栅栏，来到农场的水循环生态营地，池塘的高低深浅处生长着不同生物。不远处，大片玉米葱郁排列。

眼前这片错落有致、搭配相宜的农场位于北京密云水库南岸的金叵罗村。金叵罗村村域面积7.83平方公里，3000多名常住居民，是密云山前平原地区大村。因村庄周围低丘环绕，形似笸箩，又盛产小米，小米成熟后整个山谷金灿灿的，故名金笸箩。后演变为"金叵罗"，沿用至今。

残垣断壁的砖墙，一人多高的杂草，简易的彩钢板房顶和白墙是这块地留给王婧的第一印象。"之所以选这个村子，就是看中了村里的合作社连续7年不使用农药和化肥。我们来这个村子的第一件事，就是秉持之前的职业习惯，去检测了水和土，发现这里的环境接近自然保护区的标准。"王婧说。

打造基座、铺平炉床、建造拱顶、砌砖头、排线……陌生的工作使王婧焦头烂额。工人的工作方式更是给王婧带来不小的挑战。为了尽快建成理想中的农场，从天亮到夜晚，王婧和她的伙伴几乎住在"工地"。

王婧苦笑着说："农村的工作跟我们每天有清晰计划的上班是不一样的。你会发现一个工人干了两天活，突然就不见了，因为要回家收麦子。我们也尝试每天给工人开项目会，但后来发现，这不是他们所习惯的工作方式。"

乡土社会总是从熟悉里得到信任。为了工期按时完成，王婧努力摸索工人们的工作习惯，逐渐与他们熟络起来，并请来村合作社的带头人监工，在磨合与碰撞中完成了建设。

农场的麦田旁，建了一座罗马式面包窑。这种用石头垒成的面包窑，利用果树剪下的树枝晾干成柴火，再通过热能让食物沾染上柴火香气。

因为刚开始对天然酵母的发酵程度掌握不好，面团总是发酸，王婧经常连夜重做。"我记得那是8月的盛夏，我在农场储藏间的地板上睡了不到5个小时，每隔2小时就要起身检查一遍重新发酵的面团。"王婧回忆道。

现在，王婧已经可以熟练使用窑烤，还教会了从村里聘请的面点阿姨。每一批次面包都经过超40小时的发酵制作，最后通过网络

王婧在使用"罗马面包窑"烤面包（潘剑　摄）

订单销往全国。

"我们的农场不但养活了自己，还养活了20多名在农场工作的村民，我还是挺骄傲的。"王婧说。

在碰撞中融合的"新老村民"

"能折腾"是王婧留给村民的第一印象。因为坚持生态农业理念，王婧要求农场的土地要符合检测标准，除草尽量用人工，防虫不喷农药，剪枝种树用科学的方法……村民经常问王婧："树就跟人一样，人得病要吃药，树不打农药不就死了吗?"

最开始，种田新旧理念的冲突时有发生。村民们看着得了病虫害的树，得克制住自己不要打农药，采取一些原始手段进行干预。但随着时间长了，村民们也渐渐认同和理解绿色发展的农业生态理念。

事实上，近些年来，农业方面的方针政策多次强调农业的生态转型和绿色发展，重视农业生态环境效益。

在农场工作的文文是附近村的村民，她说，能亲眼看着以一种绿色健康、自然和谐的方式让生活的地方变得越来越好，会有一种幸福感。

张姐今年60岁了，来农场工作前一直在外打工。她在酒店干过保洁，餐厅当过服务员。"现在多好，家就在旁边，在农场忙完就可以回家了。"张姐边除草边说，带着朴实的笑容。

待的时间久了，王婧对这些村民也有新的认识。

3月是修剪果树的好时节。每年这个时候，金叵罗村的村民都在自家院里忙着给樱桃树剪枝，盼望丰收的一年。

2003年，金叵罗村从山东引进500亩樱桃品种，建成了樱桃采摘园。一颗颗饱满的红樱桃给当地村民带来了良好的经济效益。

为了让乡亲们科学种植、增加樱桃产量，王婧和她的伙伴邀请来有机樱桃的种植专家李立君，请他开春后给村民们做樱桃修剪培训。

当天一大早，村里的大喇叭广播就开始预告了。刚开始，这些半辈子都与泥土打交道，拥有丰富实战经验的大爷大妈们对王婧邀请来的专家半信半疑，觉得就是一个空有理论的大学生。

但当李老师拿起剪和锯，娴熟又专业的操作和娓娓道来的理论知识让乡亲们对请来的这个专家刮目相看。

村民们纷纷举手提问，培训结束后又拉着李立君去自家的果园提意见，几十辆汽车、拖拉机、电动车拉着请来的老师在各家果园来回穿梭。

"他们有自己做农活的一套经验，但对于新知识也非常愿意学习。"王婧这样评价村民们。

不论是修剪花草的大哥还是在农场做面点的大姐，王婧觉得，相处时间越久，越能感受到农民身上那种最朴实的情感。他们工作的智慧来自他们的生活本身，因为他们的存在，让这个农场充满了烟火气。

乡村清晨的市集，周边农户早早就把地里现摘的野葱、香椿拿出来卖。王婧走在熙攘的集市，停下来，在菜农的摊前买一把青菜、挑几斤小酥梨。

那一刻，王婧觉得自己就是金叵罗村的一员，这里人人亲切又寻常。

"十一队"与"新农村"

"农妇们加油，我在村头儿等你们。"在农场公众号的一篇文章下，一家花园民宿的创始人梁晴给王婧留言。

梁晴也是金叵罗村的"新村民"。2015年来到金叵罗村后，她在这里打造了一家精品民宿。

留言里的"村头儿"是村大队日常开会的场所，也是"十一队"成员碰头开会的地方。大家经常聚在这里，为村子的发展出谋献策。

金叵罗村原编有十个生产队，后来，村委把来村创业的"新村民"列入建制，称为"金叵罗十一队"。

"十一队"的成员来自各行各业，他们开民宿、经营农场、做农业教育，盘活了村里的闲置住宅，为村民提供了更多就业机会，促进居民增收，将城乡融合发展落到实处。

从2012年到2020年，金叵罗村的人均年收入从1.5万元提升至2.6万元。全村实现旅游年收入2000万元，旅游就业人数近320人，被评为全国美丽休闲乡村。

金叵罗村第一书记伊书华曾说："乡村自身力量是有限的，必须以开放心态，引进城市资源，走城乡融合发展道路。"

王婧眼中的金叵罗村是开放包容、与时俱进的。在村干部的带领下，乡村建设贯彻着共建共享、融合创新的意识。

"农场建设初期，村合作社集体入资，提供土地、基础设施等建设，村民们也发挥他们对果园管理的优势，对果树进行维护。每年做完财务核算，合作社会拿到四成利润收益，大家一起建设、一起致富。"王婧介绍道。

2018年，刚和村里合作社签署协议，王婧与伙伴就以"我要回农村"为主题，成功举办了第一届中国农民丰收节庆祝活动。活动期间，吸引了上万市民前来参与，农场实现营业收入50万元，带动农产品销售、餐饮、住宿等，实现农民增收120万元。

在王婧看来，吸引城市中更多人来到乡村，农场的蔬菜和水果只是副产品，在田野里度过的时光才是主产品。

八月的玉米长得挺拔又严密，大片的青绿覆盖了农场。一位城里来的客人走在清晨的田埂，一深一浅。

"我想起了故乡，这个季节的玉米地青纱帐，凉风和轻雾在大平原上升起，能听到'吱呀吱呀'人们挑着扁担去井边打水的声音，还有奶奶在外间拉着风箱做早饭的喘息。"客人写道。

王婧相信，生活在这片土地，山川河流、城市乡村，无穷的远方，无数的人们，都和自己有关。农场唤醒的不只是乡村"沉睡"的农田，还有来到乡村的人那一抹记忆深处的时光。

王婧与村民在农场的玉米地（潘剑　摄）

　　小女孩River在农场长大，今年4岁了。

　　2岁时最爱唱《送别》这首歌。"长亭外，古道边，芳草碧连天。晚风拂柳笛声残，夕阳山外山。"

　　每当唱到此句，女孩总喜欢缠着大人问："什么叫夕阳山外山？"

　　王婧说，这时候女孩妈妈就会拉着她的小手，走到农场餐厅外，指着层层叠叠的远山和夕阳的金光说，"那就是夕阳山外山。"

　　农民富、产业兴、乡村美，未来在孩子美好的想象里，也在宜居宜业的乡村里。

"95后"乡村CEO：
人才与乡村的双向奔赴

CEO，企业高管、都市精英，每个字母都透露出"高大上"的气息，这是一个人尽皆知的职位。那"乡村CEO"是个什么职位呢？

毕业生应聘CEO

惠敏一开始也不知道"乡村CEO"是干什么的。2020年11月，23岁的她毕业半年，正忙着四处求职。招聘平台上众多信息中的一条引起她的好奇：职位是"乡村CEO"，对应聘者的要求是大学本科毕业、了解乡村振兴、带动乡村发展……看完招聘信息后，惠敏对这份工作的理解很简单：搞乡村振兴去。这是生长在农村的她感兴趣的。

果断投下简历后，过了不到一个月，惠敏就收到面试通知，"还挺意外的，一个应届毕业生居然要去面试CEO岗位"。她带着材料来到福安村。这是昆明近郊的一个村子，在滇池东南边上，距离昆明主城区约30公里。走在村里，惠敏看到不少古宅正在翻修，人和机械都忙得热火朝天。她能感受到这是一个正在焕发生机的古村。

面试地点是一家古民居，面试官是乡镇领导、村干部、中国农业大学调研团队。惠敏毕业于曲靖师范学院，学的是地理。虽然专业不对口，但面试官一致认为她性格沉稳，言行"靠谱"，关键是有开阔的视野，爱农、懂农，能给村里的发展带来活力，是个可靠的人选。最终，惠敏和另一位"90后"男生被录取。

古村迎来新机遇

参与面试的白晶当时是中国农业大学的研究生，"乡村CEO"项目就是该校与各地政府合作发起的。目的是培养农村职业经理人，发挥他们的"领头羊"作用，运用新思路、新技术，以企业化管理、市场化运作的方式盘活农村资源，将资源变为资产，再将资产变为资金，进一步做大乡村集体经济，提升农民生活水平。因此，相比于村委会的治理属性，"乡村CEO"的经营特质更明显。

福安村位于昆明市近郊，具有邻近都市的区位优势。全村650多户人家以种植大棚蔬菜、花卉为生，生活自在，具有提档升级的基础。村内，老中青村民的比例较为均衡，不存在人口外流而造成的"空心村"现象，发展的内生动力相对较足。福安村的另一大特色则是它仍留存有明清时期的古宅、古巷、古井、古树、古牌坊，以及花灯歌舞、刺绣、剪纸等民间风俗，并在2018年正式挂牌为"中国传统村落"。

然而，福安村不少古宅都无人居住，处于闲置状态，着实浪费。如何充分保护好、利用好这些资源，满足村民们对更美好生活的新需求、新期待？中国农业大学和昆明市会商后，给出了他们的方案：将福安村作为"都市驱动型乡村振兴创新实验区"，通过对接昆明市区居民对乡村文旅、民俗等方面日益增加的需求，盘活福安村闲置的古民居资源，从而将都市动能转化为乡村振兴动力。

活力满满的CEO

惠敏入职前几个月，福安村成立村集体企业——昆明古村六坊文化旅游有限公司，公司CEO的职能就是市场化运营村集体资产。村里来了两个大学毕业生，村委会的干部们如获至宝，"年轻人见过世面，充满活力，会写材料，能组织活动，确实不一样。"

有一次，村里要征集老物件做展览，老干部的办法是发出公告，号召人们来捐赠。惠敏为了达到更好的效果，提议村委会统一制作简单的荣誉证书，颁给自愿捐赠的村民。结果证明，这个方法确实提高了村民们的积极性，征集到的物件形色各异，都挂到了展览室内。设计花巷、打造农家乐……惠敏总有与众不同的创意。

然而，初来乍到又缺乏经验，惠敏无法立即挑起经营公司的重担，于是先在村委会的带领下参与实施古宅修缮、古巷翻新等项目，以提升古村的基础设施，为后续发展文旅打好基础。白天，她在各

福安村村民（陈锐海 摄）

个工地间忙得团团转；晚上，她要埋头写材料、咨询专家。后来，福安村要开一个名为"归庐"的咖啡馆，从装修到进货，再到做咖啡，惠敏和小伙伴们都忙得晕头转向。这两年，早出晚归是常态。

CEO 的烦恼

白晶从 2020 年 5 月开始，每个寒暑假都会来福安村调研，村里的每户人家她都访问过，几乎没有她不认识的人。这两年，每次来福安村，她都能看到惠敏的变化。"第一次见面时，她忙得脚不着地；等到第二次，她累得跟泄了气的气球一样；第三次见面，感觉她已经应对自如了。"

年龄相仿，都是女孩，白晶落落大方、阳光开朗，喜欢长发披肩，惠敏则是小家碧玉、温婉恬静，总是扎着马尾辫，两个人性格互补，有什么心事总能说到一块儿。每次到福安村调研，白晶就会住在村里，和惠敏一起工作。在"归庐"咖啡馆，她们一起调咖啡，聊工作困扰，谈生活趣事。虽是同龄，白晶却像成熟稳重、见多识广的姐姐，惠敏则更像是一个亟须姐姐给她人生建议的妹妹。

时间一久，白晶就感受到了惠敏繁重的工作压力，但她更看得出这个CEO的矛盾处境——福安村的老干部对于"乡村CEO"管理职能的理解需要有一个变化提高的过程，而很多时候惠敏担当的是村委会新人的角色，尚未承担起独立运营乡村资源的职责，双方都在磨合。惠敏为此困扰了一段时间，有时她会在忙了一天后坐着发呆，反问自己："'乡村CEO'到底是什么？总不能只是忙这些杂事吧？"

白晶清楚，"乡村CEO"是农村职业经理人，需要有丰富的管理经验和市场资源，真正把乡村的资源盘活，进行市场化运作，做大村集体经济。这是一个复杂的系统工程，对毕业不久的惠敏来说是一种挑战。她仍需要锻炼，福安村也需要一段时间的准备和积淀。闲聊时，她向惠敏分析这些问题。白晶条理清晰的话语到了惠敏心里，就起到了稳定人心的作用，"慢慢来吧，一切都需要积累。"

白晶的鼓励让惠敏的方向更清晰、信心更坚定。惠敏的成长，白晶也看在眼里。这两年福安村新增了4家农家乐，但凡有某家店客人少了，店主就会找上门，责问两个CEO是不是把客人都带到其他店了。一开始，白晶发现，惠敏处理起这类问题还带着紧张与青涩，需要四处"求助"。但随着时间久了，人也熟了，与老村民之间有了了解和信任，再有人来责问，惠敏显得淡定多了："您别急，我来想想办法。"

"归庐"咖啡馆（陈锐海　摄）

福安村古民居（陈锐海　摄）

双向奔赴　共同成长

经过两年的建设，福安村由一个传统的古村变为一个具有文旅基础的美丽乡村。砖红色的古民居错落有致，石板铺成的小道两旁绿树成荫，五彩斑斓的鲜花在阳光下随风摇曳。你可以漫步在彩云之南的清风里，可以去咖啡馆看看书，也可以到农家乐中尝尝特色菜，或者在展览馆看看老物件。福安村的时光是那么慢，都市人的疲惫总能在这里得到消解。

"福安村已经是一个古色古香的美丽乡村了，每逢假期就有游客从市区来我们这逛逛、吃个饭、放松心情。"这两年，福安村有了发展文旅的基础设施，惠敏也有了成为一名真正"乡村CEO"的基础。她正在计划的事情还有很多，创建网络宣传平台、建立停车场、搭建特色农产品市场、建设农业观光项目……只有业态丰富了，福安村的发展才能有更强劲的动力，"乡村CEO"的职能才能真正发挥出来。

惠敏与福安的故事，是人才与乡村的双向奔赴。一方提供广阔的天地，一方提供青春的能量。人才扎根土地，结出的硕果是乡村振兴，是共同富裕。这是所有人期待的美好图景。

铁牛村"新村民"来自北上广：
在土扎根　建未来乡村

　　这个普普通通的川西农村就像"世外桃源"，让人自在得不太现实。

　　入秋，橘树枝头鼓出幼果，鱼塘里云影徘徊，一幅乡村美学的写意画，就在眼前；村口，石墙上爬满蔷薇，几个大字嵌在里面歪歪扭扭，却极具吸引力——"未来乡村实验室"。

　　铁牛村的一天开始得很早。最近，村里刚收了荷花，几位"新村民"正加紧包茶，由于温度和风都会影响茶的本味，他们5点就开始了。茶会也少不了，茶座是一定要布置的，即兴在村路边采摘的小花，成了最天然的点缀。就着日出，几杯温茶下肚，这是真生活。

这样的时刻太常见了。

可当你见到此景，即将展开文学想象时，又会被另外一个更常见的画面击中：戴草帽、骑小电驴，要下地除草的青年，三五成群地结伴儿上山，看起来和当地村民没什么两样。

跨越"6789"四个代际，他们带着"硕士"、"海归"等标签，来自北上广深等20多个城市、不同行业，把投身乡村当作安居乐业的方式，并在跌跌撞撞中，开启一场乡村建设试验，快5年了。

哪里是家？

此心安处即吾家。

"刚到铁牛村，就觉得自己是《向往的生活》综艺里的明星了，拖着行李走进了综艺的开场……"

头顶"海归建筑师"光环，满世界奔波几十年，一回到农村，施国平发现自己连菜都不认识了。

他成了这里的首批"新村民"。2017年，参与完邻村乡建工作的施国平，正在思考着未来乡村建设方向之际，收到来自20公里外西来镇政府的邀请：能否过来这边的铁牛村看看？

故事，就从这里开始。而这一年，也正是整个中国城乡建设发展史的分水岭。

与施国平的对话，在由老村委会改造的丑美生活馆里展开。他清瘦，一身素衣，与文艺的室内软装相融。最受关注的那棵枯树，是他带着"老村民"一起拯救下来的。他在这安了家。

馆内还有一面"人才墙"，上面有每一位"新村民"的头像，与"老村民"的头像组成无限循环符号，寓意藏在里面。他们也安

铁牛村新老村民"人才墙"（王晶　摄）

了家。

50余位"新村民"都可以说是各自领域的"精英"。按照专业分成了教育公益、文化艺术、生态农业等7个板块，他们在铁牛村将自己的专业所长用于乡村建设。

和大多数人一样，施国平从小努力离开乡村，一路念书去大城市，去深圳，去美国留学生活；回国后努力创业，渴望成功。"留着莫西干头，觉得自己很酷但其实很无聊。"现在的施国平，短发平稳地贴着额头，他看着不那么酷了，但他也不觉得无聊了。

他的手，证明了他现在的状态。

施国平完成了从一个城市建筑师到乡村规划师的转变：从奔走在项目现场、PPT上谈兵，到第一次触摸着土地、石头和溪流，和农匠一起盖房子。

施国平一家

　　他带着"新村民"们先把村里空置的房子改造成社区中心。几个年轻建筑师，原本只是从上海过来临时帮忙，工期结束后果断选择留下。理由直接明了：从画图到施工，都是自己完成的。

　　这事儿听起来很酷，但很难。迈出乡村生活第一步，绝不是"躺平"，更不是逃避城市的理由。

　　耗时7年半，施国平也做了一个决定：40年前，父亲把他送到大城市、送去美国；40年后，他要把自己的孩子带回中国、带回乡村。

　　如今，施国平的太太，留美生物学博士赵璟，放弃个人专业，在村内组建社区教育中心。

　　"原来都跟科学家们联络，现在跟音乐界人士沟通，看谁能过来捧场。""新村民"郑松梅感慨这种反差。

　　但这种调整，也是"新村民"必经的一个过程。

笨拙地融入

仅靠情怀可不够。施国平要做的，是关于这片土地和当地产业的振兴。

"蒲江丑柑"，全国闻名。不过，似乎铁牛村的丑柑和年轻人只能留其一：越种丑柑，年轻人走得越多。

长满果树的地方，曾是大片的马尾松。40年前，为了提振经济大量种植丑柑，传统的种植方式导致土壤等受到损害，"在我小时候，甚至可以把水稻田里的水用来直饮。"从新加坡归来定居的"老村民"何孝成回忆说。

第一步，先要修复土地。新老村民成立村企联合体，形成一个专业合作社集体经济，通过整体规划实现整体建设。

2021年起，他们租下9亩柑橘园，挑战"不打化学农药，不施化学肥料"的生态种植。

他们自称"阿柑青年"，学设计的、学金融的，身上"城市精英"的印记逐渐褪去。"小姑娘漂漂亮亮的，腿被咬得都是疤。"施国平觉得，过去他们一直号称改变世界，但实际连自己做一顿饭都没有办法完成，"就像一个人回到本来的、自在的状态，土地也一样。"这是施国平的"雄心壮志"。

橘园里的试验，"老村民"感觉"不现实"："不可能不打农药，一群地都没有下过的人……"

一切都是由市场规律决定的。铁牛村所在的蒲江县有近25万亩柑橘林，占当地农业比重近70%，传统的种植办法产量是高了，可价格一年不如一年，过去批发价可以卖到"六七元一斤"，2021年仅有"2元多一斤"。

果园与鸡舍

　　"你不能一直失败。一直失败，别人就会觉得你不行，没有效仿你的意义。"施国平和"新村民"们有自己的定数，种出没有"KPI"的果子，也能"种出自己"。

　　停止使用除草剂后，果树下的小花小草开始自然生长，他们用酵素混合液助力果子"抗敌"。改变种植方法后的丑柑，口感酸甜平衡，"不是那种甜蜜素堆出来的"。曾是网红餐厅老板的"新村民"霍萍感触最深："只有回到土地，才有可能真正认识到人和食物的关系。"

　　生活方式的变革也在同步试验。"不时不食"，小伙伴们轮值做饭，日常最荤的一道菜是西红柿炒鸡蛋。西红柿是自己种的，鸡蛋是自家产的。为了丰富生物多样性，他们还动手盖了一座"鸡舍"别墅，屋顶铺了太阳能板，用于照明，安装了太阳能音箱，每天放古典乐。施国平说，想看看在放松的环境下，鸡的产蛋量能否提升。

　　2021年赶上大年，9亩果园产出了近1.3万公斤丑柑，虽然亩产只有村民的六成，但价格卖到了20元/公斤以上，且200多项农残检测无一超标。

"能不能把酵素配方给我们？"村里大部分农户都是"60后"，有的连"老人机"都没有，几个"老村民"围住农耕组组长叶科。那天他们手写了十余份方子，但越写越开心。

体验植物染、吃一顿丑柑做的创意料理……如今，一切早已超脱了果园的形态而存在。

他们还把这些丑柑搬到了上海愚园路的百货公司，和时尚品牌出现在同一个橱窗里。2020年11月，第一届"丑美生活节"在村里举办，村里3634位乡亲来了约3000人。

共建共享

如果把这场试验比作植物生长周期的话，而今，施国平和"新村民"们，正处于播种期。

"一定不能自己玩自己的。"他觉得，乡建规划并非是教"老村民"做事，而是共建，这是乡村振兴的本质。

那么，当地人一定接纳吗？

一开始他们住在山下，早上5点半就出门，门卫周大哥很烦，"彼此不了解彼此的生活方式"。

后来搞活动请他参加，大家手拉手一起唱歌，觉得还挺有意思。"新村民"做的绿色饼干，也会和大家分享。这里没有学历界限，生活面前，大家都是平等的。

"建立信任后，就会变得更加柔软，也愿意听我们讲了。"施国平说。

这些年，做整村规划调研，施国平和伙伴们常在村里蹭饭，钱大姐做的凉拌猪耳朵一绝，春茹家农家乐做泥鳅最鲜。

每一个妈妈都有一道拿手菜，为什么不在村里共同运营一家餐厅？

重油重辣的四川人开了一家"蔬食餐厅"，大众点评当地排名第一。有食客评价说：你可能难以想象，连添加的调味料都是有机的，从田野走到厨房，这样才叫"好好吃饭"。

花朵、藤叶、果实，只需简单烹饪，就构成了整餐的组曲；村里办喜事的红纸也成了装点，上面写道：感谢辛勤劳动的人。"地里摘的南瓜花炸酥，就能做主菜？"王晓玉一开始不理解，她家在村里第一个办农家乐，卖的是柴火鸡。

2020年，新老村民共同举办了一次生活节，一人出一个菜，还引发了一场"内卷"，妈妈们拼命研发，丑柑刚下来就要研发糯米饭，糯米泡一晚上，再放到橘子皮里去蒸。

妈妈们身上有太多美好的部分。从大厂设计师到"新村民"，离开城市的粘颢，对这些朴实的勤劳故事太着迷了。"李婶对应季菜了如指掌。烹饪结束后，他们也一定第一时间去收拾餐具。"最让"新村民"们惊讶的是，做饭时妈妈们脚上的小白鞋永远都是干净的，下地干活永远会换另外一双鞋子……

2022年春节，铁牛妈妈的餐厅还上了电视。主厨妈妈们被网友亲切地称为"蒲江李子柒"。

没有刺激的味道在食物里，少糖少盐，这是"新村民"和妈妈们想分享给更多人的饮食观念。

"印象中出现过三次"，粘颢说，有的游客拎着大酒进去，最后又原封不动拎出来了。"不太好意思喝，氛围太优雅了，还是好好和家人安安静静地吃顿饭。"

投进去的种子不同，结果就不同。种在"新村民"心里的那颗

铁牛妈妈餐厅时令菜

种子，似乎开始发芽了。

周末时，他们还会组织各种活动，例如乒乓球比赛，本来以为"老村民"需要发动，后来才知道蒲江县乒乓球比赛前三名都在村里，随便一个人就能把他们打下去。

现在，更多"老村民"主动来问，"下次，你们还办吗?"

谁可以成为"新村民"?

村里生活的开销也不大，没有健身房，最好的运动，就是去田里耕地。"不熬夜，身体里的结石都没了。"

刚来时，上下铺床都是他们自己搭建的，后来政府给予6套人才公寓10年租金50%的支持。"一定要年轻人过来，现在远远不够啊。"施国平说。

"新村民"教"老村民"跳健身舞

施国平在铁牛村旧物改造时装秀上

　　没有招聘，越来越多的人加入其中。铁牛村作为成都公园城市唯一的未来乡村公园社区，还有300多位来自北上广深的候鸟"新村民"。最近新加入的，拥有心理学专业背景，自牛津留学归来。

　　离开北上广深，不遗憾吗？

　　粘颢的女友黄宁宁，不仅为爱情而来，此前作为环保倡导者却常吃外卖，内心很矛盾。她想回到大自然里，去探讨更生态的生活方式，而她更希望的是能把妈妈接过来，在村里一起生活。

　　"新村民"们之间也有难得的真挚，陈思含利用办公室的一角给施国平做了个图片展，记录他们的点滴。

　　"人是需要彼此关爱的，不只是做事情。"施国平很感慨，"新村民"间的联结同样重要。

　　可乡村生活，也未必如外界想象的那样，很多现实问题同样存在，等待去解决。

　　比如，如果身体有恙，需要开车半小时去县里，更复杂的健康检查，则要开车去成都。

　　还有教育，刚转学到镇上，施国平的儿子除了英语，几乎门门功课倒数。不过，两年后，不仅成绩名列前茅，而且"生活变得更能自理，还成了我们社区乐队的成员。"他觉得，教育最本质的是认识自己。

　　这和"新村民"选择这样的生活方式，一个道理。

　　施国平也不排斥城市生活。每次从村里回到上海，他都会更新视角，惊讶于城市的发展变化。黄浦江边新修了两条绿道，他带儿子骑车也觉得"巴适得很"。

　　在他心里，地球就是一个"Village"，"新村民"不是只固定在农村，或者某一个村子。它更多的是一种人与土地、自然连接的方式，把这种心理带到城市，"谁都可以成为'新村民'"。

目前，施国平团队在乡村陆续孵化了8家机构，有6家公司和2个社会组织，变成了一个系统性开发乡村文化旅游的平台，"给大家创造了一系列创业、就业机会"。

终有一天，铁牛村会完善出一条自己的道路。这样的模式，复刻到环境条件相类似的地区，是否成为可能？施国平的回答，和记者预想的答案完全不同。"最重要的是，要得到越来越多人的理解和支持。"

还有，要对自然与他人，永远保持谦逊和敬畏。

初秋里平常的一天，施国平陪着孩子种香草、抓瓢虫。摸摸肚子里吃进去的一个季节，他觉得，"人真正要投入的，是生活本身。"

"世外桃源"来了新村民：
乡村建设要情怀更要坚守

千年瓷都，隐一桃源。山路九曲，方见其形。

位于江西省景德镇市浮梁县湘湖镇的北安村曹家畈，四面环山，竹海葱茏，宛若一处"世外桃源"。

村口溪流绕村而过，顺溪而上，稻谷青青。远处，炊烟袅袅，群山如黛，向着炊烟的方向前行，走进一间土坯房，一位束发、系着围裙的青年男子正在窑前忙碌着……

他叫盛巧荣，是北安村曹家畈的守护人，景德镇市郎红釉瓷器非遗传承人，也是流转曹家畈500亩土地的青年创业者。

　　这样的一个年轻人，究竟和这个只有30户人家、120多位村民的小山村之间，有着怎样的联系？

进村钓鱼　反被"钓"进村里

　　1988年，盛巧荣出生在江苏省连云港市的一个小山村，家里排行老三。作为农民的儿子，盛巧荣从小就懂事好学，2009年，他进入景德镇陶瓷大学陶艺专业学习，从此开始了自己与陶瓷的不解之缘。

　　入学时，盛巧荣敏锐地发现大学新生报到需要各种生活用品，他便在大学门口摆摊卖起瓷碗和瓷杯，两个月挣了5000多元，这也是他创业路上的第一桶金。入学后，他沉浸在图书馆数月，刻苦学习陶瓷技艺。2009年底，盛巧荣在学校附近租了一间80平方米的店铺售卖陶瓷。就这样，他学习的同时兼顾店铺，一边提升陶瓷技艺，一边挣钱养活自己。

　　店铺生意越来越好，盛巧荣决心大干一场。2012年初，临近毕业之际，盛巧荣在三宝国际陶艺村租下工作室，独立门户成为专职陶艺工作者。

　　"有个卖多肉的大客户包窑一包就是3年，一开窑就发货过去，这样我每个月纯利润就有15万元以上。生计不成问题，我就想着去实现心中的'诗和远方'。"盛巧荣笑着说。

　　2014年，盛巧荣和朋友一同前往北安村钓鱼。

　　初入北安村曹家畈，盛巧荣便被眼前的原生态景色吸引了：这里俨然如《桃花源记》中所言"夹岸数百步，中无杂树，芳草鲜美"，树木茂密如"绿色拱门"，满眼碧绿，风景如画。

野钓虽然没什么收获，但是梦想的火苗却在盛巧荣心里燃起，他想在这里建造一个自由、简单的生活"理想国"。

"起初我只想寻一处僻静之地，打造一个自己的开放式陶艺工作室，没想到最后承包了村里500多亩土地，整个村庄形成了一个有自我造血功能的生态闭环乡村综合体。"盛巧荣眯缝着眼笑道，"我是进村钓鱼，自己却被'钓'进了村。"

2021年，盛巧荣担任北安村乡创特派员，与当地村民联合成立曹家畈生态农业专业合作社，流转村民130亩荒地种植水稻，20亩搭建马场，5亩荒地种植蔬菜。同时，承租村民家的7栋老房，改造了700余平方米的餐厅，500余平方米的陶瓷工坊和40间民宿。

村民的"儿子"　带着大家一起致富

如今的曹家畈，白墙灰瓦、亭台楼阁，池中鲤鱼畅快游行，房前屋后鸡犬相鸣，潺潺流水环绕屋舍。然而，5年前的曹家畈却是杂草丛生、人烟稀少，大部分青壮年劳动力外出务工，剩下老年人留守村庄。

对于村里的变化，77岁的村民黄树青很是自豪。"我们这儿以前都是荒地，村里都是泥巴路，下雨天土坯房外面下大雨，家里下小雨。"黄树青摇着蒲扇，滔滔不绝。她说这一切都始于盛巧荣的到来。

2017年，盛巧荣成立合作社后做的第一件事情，就是改造村容村貌。他先后投资70多万元，无偿用于村庄环境改造：建造大礼堂，为村里红白喜事等活动搭建平台；道路硬化，修建水泥路和青石板，便利村民的出行；户户通水，村民再也不用挑水吃，家家用上了自来水；村庄亮化，村道屋檐安装线条灯和照明灯，让曹家畈的夜晚，热闹非凡；污水处理升级，水泥排水沟顺路而下，风清路明……

"小盛就像我儿子一样，他和我们村民好亲嘞！经常早上来村里给我们老人带包子吃，种的大米收成了每家每户会送上一袋，水库清塘家家户户都送鱼吃，平时送葡萄等水果，还送肉和皮儿给我们包饺子。"提起盛巧荣，黄树青老人竖起了大拇指。

"其实我们是带着使命感来到这个乡村的，'90后'和'00后'作为乡村振兴的主力军，如果我们不来，乡村建设就断层了。"谈及为何执着在村里创业，盛巧荣如是说。

这是一间由村民老房子改造而成的餐厅。门口地上小块瓷砖拼成的"八五年建"记录着它的年代，700多平方米的面积被隔断成数个包厢，59岁的村民王水香端着菜穿梭在后厨和大厅之间。

"以前村里树多、毛竹多，我自己扛起几寸粗的树干就往山下背，那时候日子太苦了。现在在村里开的餐厅做做饭，一个月也有

盛巧荣和村民拉家常

夕阳之下的村中小路（王一凡 摄）

2000多块钱，上班还很轻松！多亏了小盛，他来了，村里不仅变美了，还热闹了起来。"王水香说。

"我们现在聘用的村民有50多位，他们可以帮忙餐饮住宿、种田种菜等各个板块。2021年年底，我们给每个人发了两万多块钱，让大伙儿开开心心过个年。"盛巧荣说。

"这是我们自己养的土猪肉，这是土鸡蛋炒辣椒，这里还有我们村水库的小河鱼……"王水香热情地向游客介绍当地的特色土家菜，满桌的菜肴热气腾腾，喧嚣的烟火气抚慰人心。

"其实锅碗瓢盆也可以盛满'诗与远方'，能让大家的日子过得有滋有味，我还是很有成就感的！"盛巧荣流露出一丝骄傲的神情。

"乡村建设需要情怀，更需要坚守"

沿着餐厅向稻田走去，就是盛巧荣的"成皿居"。门前青青稻谷低弯了腰，数棵芭蕉显得格外鲜绿，整个建筑由白墙和落地窗建造而成，空灵清新。

一楼大厅，茶社品茶，闲情雅致，不时传来阵阵细细碎语："柴窑的茶具配上信阳毛尖，叶瓣在特制的瓷器里慢慢绽放……"一位身穿旗袍的女孩娓娓道来，她正在直播。

女孩身后的橱窗里，陈列着各式各样的窑烧瓷器。盛巧荣说，这些用柴窑烧制的瓷器，每一款都独一无二。火焰和瓷坯的猛烈碰撞，柴火里的矿物质和微量元素附着在瓷器上，展现出不同的金属色泽和光彩，这便是柴窑瓷器的魅力所在。

"柴窑瓷器的制作，往往需要19天的时间。不仅线上直播很受欢迎，很多研学的游客也非常喜欢这个技艺。"盛巧荣说。

盛巧荣拉坯制作瓷器（盛杨泳 摄）

　　于是，盛巧荣先后与20多所学校共建写生或研学基地，一批又一批的学生和陶艺爱好者，来到这个小村庄学习陶艺。就这样，一个名不见经传的小山村成了陶瓷研学基地。

　　研学团队来了，住在哪里？

　　盛巧荣的答案是：以发展民宿产业为路径，带动村民创业增收，为乡村振兴注入新活力。

　　走进盛巧荣的民宿，推开古朴的木门，嘎吱嘎吱的声音仿佛回到旧时光，一幅瓷画映入眼帘，炫彩夺目。客厅里，两棵树木耸立其间，屋顶和墙壁由玻璃打造而成，在阳光的照耀下，树影婆娑，光影斑驳。一只黄蝶绕着树梢翩翩起舞，全木定制的家具，散发着草木幽香。徜徉其间，仿佛以天为被，以地为床，全身心融入大自然之中。

　　"整个民宿是把老砖木房子搬迁组装而成，民宿所有的瓷画都是我创作的，充满艺术气息。"盛巧荣说，每间民宿都是他就地取材，因地制宜设计建造的。竹制楼梯护栏、老木板台阶、瓷板门……这里一草一木都源于自然，源于创作。

　　2020年7月营业以来，盛巧荣的民宿已经接待了两万余人，乡村老宅焕发出新的生机。现在村里面每个星期都有两三百人过来。

　　"乡村建设需要情怀，更需要坚守！我们来村里不是'抢地盘'的，是把产业和文化带到乡村来，提升村民的参与感，自信心。未来新村民不再只是种地的村民，他们以互联网思维，以创客这种自由组合来到这个村庄。这个村庄记载着他的乡愁，也承载着他在村庄的价值。"

　　盛巧荣说，呼吁更多年轻人走进乡村，作为新村民振兴乡村，带领村民共同致富。

由陶瓷碎片铺成的"彩虹路"通向大山深处（胡斐　摄）

夕阳下，曹家畈用陶瓷铺设的一条"彩虹路"熠熠生辉，延绵数里，通向大山深处。

考研成功却奔赴大山支教，
他说：想做热爱且有意义的事

车辆行驶在重庆市城口县岔溪河河岸的弯弯山路，目光所及之处，林木幽深，岗峦险峻。河水穿过一座又一座山峦和村庄，仿佛没有尽头。

从县城溯河而上，近一小时山路，才驶到沿河乡中溪完全小学。

"余老师，你回来了！"

"余老师，我们都想你了！"

9月1日，是初秋开学第一天。教学楼前，二年级的学生们唤着他们眼前熟悉的余盟老师，纷纷奔向他身边。

余盟本科毕业于华中科技大学人工智能与自动化学院。2021年，他本该就读研究生，却选择保留学籍一年，前往偏远山区的乡村小学做支教老师。一年支教生活结束后，余盟选择再休学一年，继续留在村里任教。

支教期间，余盟是老师，也是10个孩子的"哥哥"。同时，他还是学校周边两个村空巢老人的"孩子"，更是村民眼中如同家人一般的"新村民"。

想做些"热爱且有意义的事"

9月，桂花的香味弥漫校园。操场上，23岁的余盟正带着学生们做游戏。他戴着近视眼镜，穿着运动上衣、蓝色牛仔裤和白色运动鞋，依旧保留着学生模样的打扮。

歇息时刻，孩子们争相涌向余盟的身边，有的笑，有的闹。他脸上挂着宠溺的笑容，挨个打招呼，看起来更像一位"大哥哥"。

2021年8月，余盟原本要读研，却办理休学，踏上了去支教的列车。他说，之所以选择支教，主要因为大学期间有过两次支教经历，让他收获了老师和学生之间纯粹的感情，也看到了支教的意义，从此有了热爱。

他在心中埋下一颗种子："一个人年轻的时候，一定要做一件热爱且有意义的事，并为之全力以赴。"

同年8月31日，他从贵州到重庆，再从重庆坐了5个多小时的大巴到达城口县附近，然后转车，昏昏沉沉在车上睡了很久才到达学校。他回忆，最大的感受就是"交通极其不便"。

城口县位于大巴山南麓，地处偏远，四面环山，曾被列为国家级深度贫困县。因交通闭塞，在重庆地区也被称为离重庆市最偏远的县城。

近年来，脱贫攻坚给城口县带来了巨大改变，农民从山上破旧老屋搬到山下新房。但留不住人才的问题仍然制约着山村学校的发展，"很少有教师愿意来，或者来了又走。"

目前，中溪完全小学（包括幼儿园）共有74名学生，仅有9名教师。该校副校长李兴明表示，近年来，城口县大力发展文化教育建设，老百姓对教育认可度提升，教育责任感提高，对教育质量也提出了更高追求。但是，乡村振兴离不开人才振兴，人才留不住、进不来，仍是偏远山区教育、医疗、经济等发展瓶颈所在。"农村需要更多像余盟一样的人。"

作为年轻的支教老师，余盟不仅要克服困难，还希望学有所用，为山区学校和农村带去新的、有价值的东西。

从"天道酬勤"到"艰苦卓绝"

支教第一年，余盟大学刚毕业，没经过专业培训的他担任起一年级全科老师兼班主任。然而，最大的挑战不在于工作强度，而是内在心理压力，那就是对一些农村留守儿童心理问题的疏导。

小男孩凡凡来自单亲家庭，因父亲常年在外务工，爷爷奶奶忙于农活，缺乏父母引导和关爱，内心孤僻。余盟尝试了多次，与凡凡还是无法深度交流。类似凡凡的情况，不止一个。作为一名老师，该如何帮助孩子们？

"走进他们真实的生活里。"余盟决定换一种方式。

放学后，他腾出时间陪凡凡等孩子吃饭、说话、玩耍；把凡凡

余盟为班里学生买的坐姿矫正器（陈智列　摄）

余盟到学生家中进行家访（陈智列　摄）

他们当成弟弟妹妹，花很多心思引导鼓励；为了规范写字姿势，为他们买坐姿矫正器……

坚持真的带来了改变。第二学期，凡凡不再动不动就哭，而是笑容多了，也愿意交流了，其他孩子也越来越开朗活泼。

"下雨天，帮我们接送孩子，暑期常叮嘱孩子安全防范，给我讲健康知识。这个小伙子沉得下心，能吃苦、有爱心！"村民丁奶奶说，余盟带给孩子和村民的，远超一位支教老师的本职工作。

教学场所并不只在校园。

慢慢地，他和村民们熟络了起来。走在村里，他乐意与村民打招呼，村民也愿意与他聊家常……余盟来自贵州遵义，家乡话与重庆话口音相近，交流更亲近，完全看不出他是一个外乡人。村里人也逐渐熟悉了这个"新村民"。

"教育的本质是培养，基础是培养健全的人格，包括性格、心理、行为习惯。尤其对边远山区的孩子来说，很多方面都需要引导和关爱。"余盟总结自己的支教心得。

支教第一年时，余盟在办公桌上放了一个写着"天道酬勤"的摆件。他说，工作任务是可以通过勤奋战胜的。第二年，他换上了"艰苦卓绝"。两年间，他希望主动给自己加压，不断跳出舒适圈，接受更多挑战，为这里有需要的老人和孩子们做更多有意义的事。

脚下的光看得见，心里的光也看得见

少了大城市的热闹繁华，守在僻静的大山深处，仍有一种力量打动人心，那是爱和被爱的双向奔赴。

蛋挞、火锅、比萨、汤圆、烤鸡翅、蒸包子……每到周末，余盟变身"大厨"，为孩子们准备各种花样的饭菜。在由宿舍阳台改造的简易"厨房"里，孩子们吃到了多道以前没吃过的美食。

此前，余盟并不会做饭，这一切的起源是"彩纸计划"。

农村留守儿童最大的问题是陪伴和关爱的缺失。余盟希望挖掘他们真实的内心世界，带去关爱和陪伴，留给他们一份温暖的童年记忆。为此，他自创了"彩纸计划"，即引导孩子在纸上写下开心的事情、想对老师说的话、想表达的心愿。余盟通过纸条深入了解并帮他们实现心愿。

那天，余盟收到了班上小女孩若若写的纸条："奶奶每天回家都很晚，我放学回家没有饭吃……"余盟得知，若若的爷爷奶奶因务

"彩纸计划"中，孩子写下了对余盟的感谢（汪宁　摄）

农种田，晚上经常七八点钟才能到家，孩子很晚才能吃上饭。接下来的周末，他征求若若家人同意后，将若若接到宿舍，做了她爱吃的火腿炒饭。别的孩子听说后，也纷纷"撒娇"说想吃，余盟便分批次"招待"他们，几平方米的宿舍变成了孩子们的"食堂"。

2022年9月开学的第一天晚上，女生寝室只有文文和可可两人。因为怕黑不敢睡觉，余盟拿来玩具安慰鼓励，并帮她们开好灯。当漆黑的夜色闪出光亮，他坐在宿舍门口的楼道里，一边守护陪伴孩子入睡，一边把电脑放在凳子上工作……夜渐深，初秋的大山凉意更浓。突然，文文从门口探出头来，向余盟递去一件衣服："衣服给你！"

脚下的光是看得见的，心里的光也是看得见的。余盟没想到，几岁的孩子会如此细腻，"如果说自己影响着孩子，其实孩子也影响着自己。"

是厨师也是"UP主"，更是带来爱的人

"余老师很温和、很温柔"，"余老师是'哄人'的'第一高手'"，"我们不会的题，余老师不会急，会慢慢地教"，"我们渴了，余老师给我们买水喝，那是他刚来的时候，我们不知道他是老师，我想说谢谢余老师……"这是孩子们眼中的余盟。

在副校长李兴明眼里，余盟有很浓厚的教育情怀。他记得，在支教的第一个月，学校组织了一次"生命叙事"大型活动，余盟讲述了班里10个孩子的所有情况，并针对每个孩子制定了不同发展方法与激励措施，这份用心让人钦佩。

在家长们心中，余盟如同孩子的哥哥，让人依赖和信任。

余盟为学生做饭

　　在老村民们看来，村里多了一位有思想、有温度、有想法的"新村民"。余盟把新鲜的事物、新的理念讲给村民听，帮助村民解读新的政策，耐心地帮助他们解决一些困惑……

　　闲暇之余，余盟当起了"UP主"，在社交平台账号上发些有关孩子们的视频，但这些视频几乎都围绕"关爱"展开，很少提及学习本身。他认为，年轻人要拥有更加先进、创新的理念和思想，要敢于做一些别人没做过的事。

　　他说，关爱，是离爱最近的一个词语，也是乡村教育重要的必修课。让优秀的学生更优秀，让有技能的学生在某个领域更发光，让不及格的学生尽可能进步，让成绩中等的学生找到瓶颈，然后去突破。他希望这些学生因自己的到来，而多一个关爱并且持续关爱他们的人。

　　余盟认为，乡村教育振兴，"振"的是信心，"兴"的是理念。山区学校虽然学生少，但理念不能丢，"如何走出一条新思路？乡村教师肩负着新使命，他们不仅是教师，更要成为'新乡贤'。"

念念不忘，必有回响

峰峦重叠环绕，山路蜿蜒曲折。无数个雨天和周末，余盟一遍又一遍用脚步丈量着从村里到学校的距离。走在山环水抱的乡间小路，抬头望天，一座座山峦叠嶂中飘着白色云雾，不断游走却反复萦绕，纯净而静谧。

时光飞逝，一年转眼就过去了。2022年6月，余盟即将完成支教，他也要去读研了。

有天上课，余盟翻开一名学生的作业本，看到一行字迹："谢谢您，我的老师，虽然一周之后就再也见不到您了，但是我已经长大了，感谢您做我们的老师。"

"就在那时，我忍不住哭了，孩子们也哭了，我觉得应该留下来。"余盟说，但这意味着他需要办理休学，中断学习。这一想法遭到余盟家人的极力反对。

但余盟没有放弃。2022年8月，他再次回到学校。这一年，余盟给自己设下新的目标。他说，要花时间让成绩优秀的学生更优秀、更有能力走出山村；要坚持关爱并持续关爱他的学生，分层训练、因材施教，让他们在各自方向都能找到自信；还要关爱村里的"空巢老人"；继续在社交平台上输出一些有价值的视频，引导更多人投身到乡村教育和乡村振兴。

支教的经历，也让他开始重新审视自己的未来规划，他说，以前为应付各种考试、学习热门专业，找到挣钱的工作而前行。未来，他想做更多有价值的事，投入这个行业。"希望有越来越多的人来到乡村扎根下来，而不是看到条件艰苦就离开。"

"找到自己热爱的方向并全力以赴是终生的事。"余盟说。

有网友看了余盟的视频后给他点赞，并发来私信鼓励，表示深受鼓舞，也选择了支教或去偏远乡村任教。

一位网友给余盟留言："看到你的视频，热泪盈眶，感谢你的付出！我以后也要像你一样做一名乡村教师，一定会用爱温暖更多的孩子！"余盟说，2022年9月，这名网友真的去了湖南的一所乡村小学，担任三年级数学老师兼班主任。"她说我给她带来了动力，而她的选择也让我更有动力。"

新学期，余盟买了一部数码相机。他有了新计划，利用闲暇时间为村里的老人们拍一些有意思、有意义的照片。"有的老人一辈子没走出大山，甚至没拍过一张像样的照片。他们同样需要关注和关爱，乡村建设的完善也需要更多'新村民'的到来。"

余盟认为，新村民重在一个"新"字，思想要先进，并愿意不断去探索和思考。他说，这是一个漫长的过程，但他会不断加快自己的节奏和脚步，做一些更有意义的事情。

像风走了万里，不问归期。

他记得，很多学生曾在纸条上写下的一个心愿，那就是"想去看看大城市的超市和游乐场"。预计2022年底，城开高速全线建成，它将改变城口县城不通高速公路的历史，补齐渝东北区域交通短板，助力乡村振兴，拉动大巴山区经济发展。

余盟说，到时候，自己也希望有机会帮助孩子们完成心愿，带着他们走出大山，到城市里好好看一看。

（文中孩子名字均为化名）

这个宝藏乡村"又土又潮"，七十余位"新村民"带它火出圈

入秋，天气转凉，可眼下青山村的游客仍未间断。

一大早，村民叶丽飞开始为房客准备早餐，一盘南瓜饼、一碟花生米、一碗清粥，带着乡土气息，很快就被端上桌。

作为"村里见"民宿的老板，叶丽飞当然喜得见到这样的场景。

回想几年前，青山村还是个饱尝水质污染之苦、"空心化"严重的古朴村庄。如今，村里的年轻人多了起来，还有70余位外地来的"新村民"到村里创业、生活。

前段时间，"新村民"教会了叶姐如何自制比萨，她自己还在后

院建起了土窑。嫁到青山村几十年，她没想到有一天日子还能过得这样"时髦"。

这一切变化，都与她口中的"新村民"有关。

宿命与使命

点子多、爱生活，叶姐口中的"新村民"，是张海江最为骄傲的身份。

个子很高，休闲打扮，有着典型的西北人长相，在人群中很突出，张海江就这样出现在记者面前。

即便海归、"双一流"高校毕业，这些足以让张海江有更多职业选择，但他还是坚定自己的想法。"当时是带着一个使命来的，创建中国第一个乡村小水源地保护的示范地。"2015年，双学位硕士毕业后，张海江就拖着行李只身来到了青山村。

位于浙江杭州余杭区黄湖镇的青山村，距离杭州市中心仅需1小时车程。漫步在乡间小道，流连于竹林清涧，满目绿色，似乎在唤醒人内心的力量。

南方乡村不仅秀丽，对于出生在甘肃的张海江来说，水资源更是最大的吸引力。

而张海江此行，就是为保护水源地而来。"大水源地保护很常见，但是小水源地保护不多，周围的村庄或小镇需在这里取水、生活。"在浙江，如张海江所言的这样的小水源地，就有两万余个。

青山村的龙坞水库就是典型的小水源地。在一大片竹林深处，龙坞水库隐匿其间，通透碧绿，供给着青山村等周边村子近4000名村民的日常饮用水，关乎百姓生计。

但问题也随之而来。村里老人居多且没有工业，多靠种毛竹谋生。而当地人为了提高竹子产量使用化肥和除草剂，水库水质因此受到影响。

这些张海江都看在眼里，焦虑在心底。他想改善劣质水源，为当地百姓创造更安全的饮水环境。

也许，用"宿命"一词来形容张海江的这种使命感，再准确不过。

在老家甘肃，"海江"这个名字本身就承载着西北人对水的珍视。而更让张海江忘不掉的是，幼时父母常带着他背水到荒山上种树，即便是寒冬时节，父母也依然会背冰上山。成年后，本科就读于广州，广阔的珠江又带给了他不一样的感受。此后，3年留学时光里，张海江游遍美国五大湖流域，还到过美国大陆最南端的岛屿基韦斯特。

这些经历，带给张海江最直观的感受就是：水不仅影响环境，更是塑造了万物的方方面面。他想探索一场生态变革，实践可持续的绿色生活方式。

青山村似乎为张海江提供了绝佳的试验温床，即便未来并不确定。

他也正喜欢这种未知带来的新鲜感，并自嘲是"工作狂"，调研持续了4个月后，试验计划逐渐清晰。

改善水质，要先从水库周围的土地开始。他与农户签订土地流转合同，承包下水源地周边500多亩关键林地，进行集中管理。改变毛竹耕作施肥方式，彻底消除了化肥和除草剂的使用，给山林时间和空间，静候大自然自我疗愈。

这一切都需要时间。

和竹林地的土壤恢复一样，乡村小水源地保护示范地的创建，是一项复杂的工程，千头万绪。张海江决定留下，成为青山村的第一位"新村民"。

理想与实践

张海江喜欢运动，龙坞水库是他每天晨跑的终点。如今水质的变化几乎可以说是"日日可见"的。

仅用3年时间，青山村水质就从Ⅲ、Ⅳ类水质提升到国家Ⅰ类水质标准。不过，他的使命才刚开始。"要想从根本上保护水源地，就得树立村民的环保意识，探索村民的多样化收入模式。"他觉得，这是长久之计，而非短暂改变。

他又将目光聚集在村子东边废弃的小学，决定将这里打造成向公众传递自然环保知识、开展自然课堂的"青山自然学校"。

可他很清楚，这事儿仅靠一己之力，很难。

青年建筑师高威则是这场废弃小学改造中的关键人物之一。早在2016年，他就试图在青山村盖一家民宿，未果后，张海江提出的青山自然学校，又给了他新的契机。

于是，他们把原有的砖混结构拆掉，运用中国最传统的夯土材料改造，墙的内外都保留了夯土本来的土黄色，屋顶配上中式小青瓦，既古朴又静谧。

新绿的草木、娇艳的郁金香、嗡嗡作响的昆虫，校园在改造下成了一个自然原生的大花园。

"你好像已经过上了我追求的财富自由以后的生活。"张海江的朋友这样评价他。

那为什么不现在就开始这种生活？在张海江的影响下，越来越多的项目开始在青山村落地，越来越多的"新村民"在这里安家，环保工作者、设计师、乡村创业者……有70多位。来自中科院的动物学博士朱虹昱就是其中一位。

起初，朱博士作为水源地保护项目的志愿者来到青山村。后来，他果断选择留在青山自然学校，想多做些和自然教育有关的事。

一切都自然而然地发生了。

学校建成后，在张海江的推动下，课程设计的工作落到了朱虹昱身上。

"我一直在城市里面长大，二十多年都没见过萤火虫，今天见到这么多萤火虫真的很震撼。"一位参与过学校课程的游客曾在接受媒体采访时这样感慨道。

夜观昆虫是青山自然学校的特色课程。夏夜时分，"新村民"带着孩子们徜徉田野，打起手电，寻找那些或五彩斑斓、或神秘低调、或霸道横行的昆虫伙伴们，一起沉浸在昆虫的世界里。

如今，青山自然学校已成为青山村开展对外宣传的窗口，每年接待参观学习者超过1万人次。

从城市到乡村，从国外回到国内，张海江在这些参观者的身上也看到了自己，有了更多对生活本质的思考。

另一项计划也悄然落地了。"我们计划用三年时间，将青山村打造成为全国首个'无塑料袋'村。"2019年，张海江发起"自然好邻居"计划。

作为青山村产业共富计划之一，"自然好邻居"项目提倡村民利用闲置房屋发展农家乐和民宿，并鼓励村民采用环境友好型的生活和经营方式，来降低对自然环境的影响。

这些理念，在叶姐的民宿里就得到了很大的体现。不使用一次

青山自然学校（关灵子　摄）

青山自然学校的夜观昆虫课程（关灵子　摄）

性制品、垃圾须分类，这些做法都摆在明面上，奖励也更直接：表现好的民宿，会优先推荐游客入住，还能进行星级评比。

"村里定期检查，很严格的。"叶姐说。

张海江心里很清楚，这些不仅帮助村民年均增收数万元，更为持久的是，村民还会将餐饮住宿收入的一部分捐赠给可持续的水源保护，回馈水源保护项目。

这和水库改善水质一个道理，建立"老村民"与水库的利益关联，才是一个生态良性循环发展的过程。

每次前往龙坞水库探查水质，看到路上的垃圾，张海江都会习惯性地弯腰捡起，似乎已是一种肌肉记忆。而路过的村民也习惯了这样的场景，亲切地和他打着招呼。"捡一个就少一个"的环保意识早已刻在张海江心里。

融合与共生

张海江很忙，常常出差，但他对村里的情况却了如指掌，帮助"新村民"宣传最近的环保活动，整理青山自然学校的最新课程，为游客带路到地图上搜索不到的新能源汽车充电桩……

在探索未来乡村发展过程中，张海江笑称自己就像一个拓荒者。

"一个农村往下发展，必然碰到一个问题，就是有新的人进来，既会打破人口结构，同时也意味着知识结构被打破，固有观念受到冲击。"张海江觉得，现在中国很多农村面临的问题是：当原本固有的观念受到冲击时，该如何去应对？

在青山村，张海江找到了答案——未来乡村议事会。

这是由余杭区委统战部门牵头，黄湖镇政府，青山村村委会等共同发起的，为新老村民搭建的坦诚沟通的"桥梁"。每个月最后一个星期六下午定期举办，新老村民和村干部各抒己见、协商共议。

青山村里还来了一位外国人。3年前，德国人Nicole跟随先生来到青山村，与张海江一道，为新老村民举办堆肥培训，推动厨余垃圾的环保处理和再利用。

还有越来越多的人愿意参与进来，包括参加议事会。

就在2个月前，新老村民再次走进青山访客中心二楼。以智慧屏为中心，桌子呈"U"字形摆放，大家围坐在一起，张海江和Nicole也准时参加。以"青山村饮用水水源"为议题，议事会"剑拔弩张"。

村民率先发问，问题一个比一个犀利："收水费就能促进大家节约用水吗？""之前承诺水库再次启用在8月底执行，还没进展？"

张海江当然理解"老村民"心里的结，这是他扎根农村多年来的经验。

2020年下半年，青山村因长期干旱、原有供水系统老化等问题，导致供水不稳定，龙坞水库的水不够用了。为保障村民饮用水稳定供应，当地水务集团对青山村进行大管网改造，一般情况下仍由龙坞水库供水，在旱季龙坞水库水量不足时则启用新的水源。

然而，矛盾也就此产生。

原本免费的水要收水费，这使"老村民"无法接受。"凭什么现在让我们交水费？"他们的理由很"充分"："我们就想吃龙坞水库的水，水质好，泡出来的茶不会'浑'。"

可在"新村民"那，则认为这是常识性的东西。"'老村民'水龙头再不拧紧，水确实是不够用了，冬天甚至需要水务公司派送水车挨家挨户送水。"

未来乡村议事会现场（尚天宇　摄）

　　村干部作为新老村民之间的纽带，提出一个折中的办法，这才"灭了火"：水价按照标准水价80%收取。且户籍为本村人员，每人每月可免费使用两吨水。

　　这不是一个说服的过程，事实就摆在那里：开始收水费后，村子每天用水量由5000多吨骤降到1500吨，原计划8月底让村民喝到龙坞水库的水，也提前到了8月中旬……

　　气候变化不能逆转，这是全球的事情，但这个话题，对于一个祖祖辈辈在乡村的"老村民"来说，似乎相隔很远。张海江觉得："很简单，要做到信息公开，推动向大家期望的方向发展。"

　　这是张海江扎根乡村7年来积淀下来的"智慧"。

找回自我　又重建自我

张海江至今记得第一次来青山村时的感受，甚至是时间，"2015年6月28日"，他脱口而出。彼时他觉得青山村真的很美，大自然带来的一切都是新鲜的。过了7年时间，当初的这种新鲜感还在。

不同的是，他对青山村的理解又多了一层。"很土很潮有未来"，这是张海江做客综艺节目时对青山村的定义。

他解释说，"很土"，并不是说它土得掉渣。它是一个农村，有农业，有世代生活在这片土地上的村民，它有着中国乡土特色。这个"土"是土地的土。而如今，随着"新村民"的到来和青年返乡，原本"很土"的乡村被注入了新的思想和文化。"也正因为这样的传统和新潮，才奠定了现代乡村的未来。"他说。

青山村被杭州市余杭区政府确定为"未来乡村实验区"。2020年，余杭区出台《"未来乡村实验区"改革实施方案》和《"未来乡村实验区"改革二十八条》，并选取青山村作为试点。"它很具有代表性，或许为城市周边乡村的未来发展提供了很好的范例。"张海江说。

2021年，张海江获得全国保护母亲河领导小组颁发的第十届"母亲河奖"绿色卫士奖，成为代表浙江获"母亲河奖"表彰的4个获奖者之一。

张海江带着新村民们所做的改变，早已超出产业变革之外。他们一方面在打破传统，另一方面更是在找回传统。

曾经，村里的端午节活动随着年轻人的离开而逐渐消亡。但在"新村民"的帮助下，传统节日又"复活"了。新老村民延续"公益环保"理念，以村里的竹材做龙骨，利用废弃闲置物品装饰龙身，组成别具特色的端午游龙，穿行在青山绿水间。

张海江与他养的两只狗
（尚天宇　摄）

　　"用大家都认可的，共同印刻在民族骨子里面的文化，来创造新老村民交流的机会。"张海江分享道。

　　如今，"端午游龙会"已连续举办3年，青山村"出圈"了。而"老村民"也通过传统技艺，走向了曾经难以想象的"世界之巅"。来自世界各地的设计师们走进青山村，教授村民手工艺，设计师们与6位村民用传统竹编展现水蒸气、云雨、叶子等意象，打造名为"The Lake湖"的装置艺术品，共同创作了作品《水的一生》，表达水源保护的主题，还登上了米兰设计周。

"新村民"们也在自我成长，找回自己。

"新村民"王若瑜感慨："之前在城市里特别'宅'，基本不参加任何活动，但是我可以在这里结交各种人，视野反而更开阔了，我也更愿意敞开自己了。"

外来游客，也在这里找到了心之所向。

坐在"美好咖啡厅"，点一杯清香的西柚水果茶，听着馆内播放的叮叮当当的爵士乐，望着橱窗外的玉米秆和静谧的乡村夜景，让人不禁恍惚，这是乡村还是城市？

大槐树村来了位"HR"：
用创新思维推动乡村发展

　　金秋9月，雨后的大槐树村天空湛蓝，空气清新。走进这个位于黄土高原的小村子里，丰收的气息迎面而来，苹果、葡萄、山楂挂满枝头，村民们正在田地里忙碌着。

　　第一书记李鹏刚开完会，大步流星走出会议室，他穿着白衬衣、干净利落，一口普通话清晰干练，边走边和村干部谈论着村里的事务。

　　这位第一书记有着另一个身份——HR。一边是北京复兴门内大街繁华的企业总部，大都市车水马龙、繁花似锦；另一边是陕西省咸阳市淳化县的小村庄，人口逐渐流失、乡村振兴迫在眉睫。李鹏也不曾想到自己会成为一个新村民，且与这个小村庄的发展产生密切联系。而他的故事，就在探索淳化县大槐树村独有的乡村振兴模式中渐渐展开。

从央企HR到村里"HR"

2021年5月，李鹏离开北京，带着促进乡村发展的初心来到淳化县大槐树村定点帮扶，以中国银行驻陕西省咸阳市淳化县大槐树村第一书记的身份，成为这个村的新村民。

初次到来，老村民对李鹏这位"新村民"除了期待和好奇还有怀疑。"这个城里娃娃，能不能适应农村，能待多久？""这个年轻娃水平到底怎么样，村里的事能不能干？""这个第一书记能不能像前几任书记一样带着大槐树村发展得更好？"

村民有疑惑也正常。刚来村里李鹏自己也有疑惑，工作怎么干？怎么才能干得更好？为了真正知悉村情村貌，李鹏一有时间就会深入村民家里了解情况。渐渐地李鹏有了把握："这工作能干好。"

"我在企业做的是人力资源管理，主要职能是建队伍、管薪酬、定机制。大企业和小乡村虽有不同，但是管理方法在本质上是一样的。用心找规律、找方法，利用自身特长和经验，灵活针对乡村短板有效施策，这就是需要我来做的事情。"适应环境后李鹏逐渐找准了思路。

大槐树村干旱少雨、地貌复杂，土地碎片化问题突出，使产业规划难度较大，支柱产业缺乏。不少年轻人也选择外出务工，让本就人口稀少的村庄空心化严重，村里的发展愈加少了活力。

　　但李鹏也发现了村里增收致富的"关键一招"——电商。

　　大槐树村村集体电商成立于脱贫攻坚时期，按照"第一书记开拓市场、大学生村官维护平台、返乡创业大学生整合供应链、村内干部组织协调、广大群众供应产品"五位一体的模式进行运营。截至2022年6月底，村集体电商累计销售额达3500万元，净利润超过300万元。其中，2021年度实现净利润120万元，该村也光荣入选陕西省省级村集体经济示范村。

　　数字背后是大家不断努力的成果。村子发展的变化显而易见，但市场的变化却是日新月异，电商能否为村里带来一劳永逸的收入？如果电商产业出现骨干离开、市场变动等因素，村里如何更好发展？面对一产发展相对薄弱、人员主动性不强等情况，什么样的机制最适合大槐树村？不断思索反问背后是李鹏对大槐树村长远发展的忧虑。

　　在李鹏看来，借来的经验终究只能解决大槐树村发展的一时之虑，如果没有"专属"模式，将始终是政府扶持下的"半成品"。结合多年的工作经验与村里的实际情况，李鹏最终将推动大槐树村发展的核心概括为"引人、引财、建机制"。

　　熟悉的赛道，熟悉的配方。调配人才、组建队伍，这对担任银行HR的李鹏来说是"老本行"了。营销、物流、客服……论起干电商，外来的专业人员或许更容易上手，但对村子来说人员流动性太大，外来人员稳定性不强，远不如组建一支本土队伍来得长远。

　　为真正组建起村子自己的人员队伍，李鹏在入户走访时留心收集了大槐树村毕业在外的大学生信息，并逐个交流谈心，用村里良好的发展机遇动员他们回乡发展。

　　"相比于在大城市里做个配角、每月刨去开销剩小几千块钱的生活，还不如回来建设家乡，在家门口就业收入高、离家近，工作也算体面。"李鹏提出的想法在村里的年轻人中引起了思考。渐渐地，不少"80后"、"90后"，甚至"00后"大学生动了心，陆续返回村子，大家聚在一起，构成了一个年轻有活力的电商人才梯队。在李鹏眼里，他们才是"最合适的人"。

同时，李鹏注重为骨干型人才提供最有保障性的工资，并充分将其吸纳到党支部中去，为广大青年树立榜样，从而切实把这些年轻人留在村上，一起做有意义的事情。这种骨干型人才，也被称为"职业经理人"。

实践证明，这一用人机制卓有成效，很快便得到了地方的重视与推广。"淳化当地开始为9个村集体向社会公开招聘职业经理人，并通过县财政拨款出工资。"李鹏说。

探索村子发展的"专属"模式：建"好的产业"

离大槐树村电商中心不远处，村里的苹果脆片厂正在紧锣密鼓建设中。这是中国银行投资300万重点建设的一个项目，预计一个半月完工。

"增强造血能力，要让大槐树村持久发展。"为了村里的长远发展，李鹏没少操心。

如果说"略显内向的城里娃"是李鹏给村民们的第一印象，那么，"考虑得比较长远"就成了不少人对李鹏的"第二印象"。脆片厂建在哪？怎么申请土地指标？怎么做预算？招商引资引谁？谁来出资金、出多少？跟企业怎么约定分红？……建厂之初的每一个细节，李鹏都仔细考虑过。

大槐树村苹果脆片加工厂项目（武静蕾 摄）

其实，在村里产业发展的前期，上门来谈合作的企业不在少数，但走访中，县城马路两旁的闲置废弃厂房时刻在李鹏心底敲响警钟：如何把真正好的企业选出来、把真正合适的产业引进来才是关键，否则，便是对国家资源和当地人力物力的双重浪费。

在苹果脆片厂施工现场，李鹏给记者算了一笔账，"该脆片厂每年有6%的分红，相当于一年18万现金，按10年一个周期算，运行10年光分红就180万；然后村民在这里务工十年总收入可达540万，这两项加起来就已经700多万了；还有更关键的是苹果收购，切片的苹果一年收入约300万，十年就能给村民带来3000万的收入。以上这些累计下来，相当于一个苹果脆片厂10年能为大槐树村带来4000万的收入，大概是最初投资的十倍。而且切片苹果还很好地解决了农民售卖时犯愁的中小果问题。"在李鹏看来，从综合效益出发，这才是大槐树村"好的产业"。

大槐树村电商团队正在整理打包货源（张伟　摄）

　　提起"什么是好产业"，村民陈晓慧感触颇深。新鲜的羊肚菌一斤能卖50块钱左右，这对之前种过平菇的她来说很有吸引力。就在她决定大量种植的时候，李鹏提出了反对意见。

　　"承包大棚种羊肚菌对她来说是一场'豪赌'。"原来，种植羊肚菌收益大，但风险高：春节前后10天是关键期，温度只要差一点就可能完全不出菇，这对农户来说意味着"颗粒无收"。"李书记特意请教了专家后，耐心跟我们解释其中利害，说不能因为种羊肚菌而返贫，真的是站在我们农民的角度去考虑问题的。"回忆起当时的情况，陈晓慧十分感慨。

　　风险高怎么办？所谓穷则变、变则通。经过前期认真细致的调研，9月，大槐树村正式引入羊肚菌种植项目，通过与龙头企业合作开展人员交流和培训的方式，不仅降低了农户种植风险，还能帮助农户在提高收入的同时学习相关技术，为后期产业在村里的合作推广打下坚实可信的基础。

谈到不让村民一开始就种羊肚菌这个问题，李鹏也表达了自己的看法："村民没掌握技术，一来就大干很容易搞砸。他们经不起失败，步子稳一点，一步步来才能走得更远，乡村振兴这件事急不得。在这个村这么久了，我必须替我的乡亲们考虑，不能让他们独自扛那么大的风险。"

以村民的身份站在乡亲们的角度考虑问题。显然，李鹏这个新村民早已融入村庄，成为这里的一员了。

让乡村产业在市场的摸爬滚打中不断发展

大家都说乡村振兴重视产业，但李鹏内心一直坚信，产业发展的核心是要有一个规范的管理模式，这个模式，包含闭环运营、利润分配与人员激励等多个方面。

忙前跑后拉订单的输血式帮扶是不长久的，拥抱社会、市场化运作才能让村集体的发展筑牢根基。

李鹏回忆道，有一次给一个订单发货时，苹果质量被检测出不合格。"我当场就发火了，把所有在场的人都批评了一顿，然后所有货压住不发，重新组织人工打包装货。"李鹏说，"虽然当时我们承受了一定损失，但不这样做大家就没有这种长远发展的意识，必须要让大家有所警惕和重视，产品质量马虎不得。"

带领农民搞产业不容易，发展过程中难免有波折，但一次次的挑战和改变，也让大家深刻认识到市场打磨的重要性。投诉、差评

无人机视角下大槐树村的村容村貌（张伟　摄）

就意味着直接的利益损失，投机心理不可取。采访中李鹏告诉记者："乡村落后并不代表着产品品质落后，我们要通过过硬的产品质量来让客户信得过，没有过硬的产品一切无从谈起。"

为促进村集体经济的可持续发展，李鹏专门对电商利润分配机制进行改革，将年利润平均分为三份，三分之一上交村集体经济合作社，三分之一留作电商流动资金，三分之一作为村集体电商运营团队激励，有效激发了村集体电商团队干事创业的激情和活力。这项创新管理机制，也得到了省市乡村振兴主管部门的认可，邀请大槐树村在专题培训班上重点推广。

驻村一年多以来，有件事至今让李鹏印象深刻。"去年国庆我申请了休假，没想到回到村上发现村容村貌不及之前了，而且订单发货与产业运转也出现了一些问题。这件事对我的触动特别大，这等以后帮扶力量撤出了，村里产业能否持久健康地发展？"

因为这件事情，李鹏意识到，定点帮扶最核心的一点就是要改变人的理念。但"改变"二字，说起来容易做起来难。"我试了好多种方法，无论是理论宣讲还是面对面谈心，结果都不是很满意。"李鹏这才慢慢意识到，只靠情怀的帮扶是不成立的，让村民真真切切获得收入的同时，依靠源源不断的主观能动性去改变经济状况，才是最实在的。

通过产业带动群众增收之余，如何做好乡村治理，让村民们真正地拥抱社会，这也是李鹏一直考虑的事情。

"我们现在准备立一个新项目，大概投282万建一个新时代文明实践站，计划还原一个旧的地坑院，然后把它打造出10个房间，分别嵌套出各个功能，比如说跟省市农业局对接的技术馆，以后大家在发展产业过程中有任何问题直接过来拍一段视频发过去，就可以在线与专家直接沟通；再比如打造乡村振兴学堂等等，相当于村民就有了文体娱乐以及跟外界交互的平台，这样赚钱的同时还能接触更多外面的新东西，他们的理念也会潜移默化受到影响，与整个社会产生良性互动，乡村发展也就有了进步的源泉……"

一年多的时间在繁忙的工作中悄然流逝，李鹏的乡村振兴梦正逐渐落地生根，用HR的思路给大槐树村注入现代化的管理理念，让这个偏远小村庄焕发活力。未来不远，梦想可期，李鹏也希望有更多新村民来到大槐树村，让这个村更富更美。

踢足球长大的村小学生，人生有什么不一样？

这里可能是中国"含球量"最高的山村小学，距离洱海68公里，驱车前行路过无尽的山，穿过飘动的云，云南省宾川县国营宾居华侨农场小学就在帽山脚下。

刚刚过去的2023的这个夏天，因为足球他们"出圈"了，但孩子们并不知道，这意味着什么。

热传的网络视频中一面满是字迹的墙，引发网友共鸣。"人生就是一场足球赛，你要做的是努力射门！"

这面墙已经存在十多年，一届届学生在上面留下寄语，字迹被

学校所获奖项很多都和足球相关（王晶　摄）

覆盖掉了一层又一层。

　　这种纯粹的快乐，如今依旧在延续。每天下午4点放学后，忙完地里农活的家长们，骑着电动车、开着三轮车送孩子们来到球场。这里不仅是一个学校运动场，更是全村快乐的精神地标。

踢球，能带来什么？

　　这里所有对踢球的热爱，都让你觉得接地。200多名学生，别人上学带饭盒，他们上学带足球。哪怕课间10分钟，他们也要和足球一起度过。

　　还有着用几件足球队服作为墙上装饰的足球工作室，以及可以找到任何物品的杂乱仓库。那是校长办公室，就连球场旁边的护栏，都是校长自己买来铁丝和栏杆，张罗着家长们一起编的。

孩子们在踢球

　　家长们说："孩子摔得不行，还在坚持踢，腿上脚上全是伤，晚上喊着脚痛。"语气中有"抱怨"，更多是骄傲。因为这对于孩子们来说有点残忍，但孩子们完全不在乎。他们更在意的是，别被"停训"。这是最怕的事。

　　这种热血，有着历史渊源。宾居华侨农场小学建于四十多年前，接收了很多从马来西亚等国归国的侨胞学生。他们从外带回的足球文化，也成了这里的一种文化传统。

　　学校后山这块老球场，是50年前农场人自发建设的。如今，这块草皮的维护，也是当地人自发修剪，所以在这里，踢球不是孩子一个人的小事儿，而是一个家庭的大事儿。

　　前段时间，球场上的草又长高了，家长群发消息割草的时间是下午5点40分，但不到5点，村民们拿着镰刀就来了。

　　要问，踢球到底带来了什么？太阳一落山，家长们自己给出了

忙完地里的农活儿，家长们自发来球场割草

村民们围观看球

答案。晚霞升起前那2个小时，他们或坐在摩托车车座上聊着家长里短，或举起手机记录着孩子在球场上的一举一动，好像看到了青春、活力是自己的，更是整个村子的。

当"村小"拿到省冠军

这种持续积淀的热爱、勤奋，在乡村的"慢节奏"下也成就了另外一种"快"。

2017年7月，国营宾居华侨农场小学被教育部认定并命名为"全国青少年校园足球特色学校"。

2022年3月，在云南省足球四级联赛中，来自全省16个州的240多支队伍角逐，他们创造了宾川的第一个省级冠军。这不是一个人的胜利，而是一个村的胜利。

　　鞭炮，鲜花。夺冠后的那一天，全村人夹道欢迎小英雄们回家。他们的付出得到了回报，这种爱，纯粹又炽热。球场的墙壁上，毕业的孩子们写下这样一句话："白云偶尔会挡住蓝天，但蓝天永远在白云之上"。

　　踢球更具现实意义的是，为孩子们的未来带来了更多可能。在这里，很多毕业的孩子因为球踢得好，升学的时候被大理市最好的几所初中、高中录取，乡村教育也逐渐迸发出更多可能性。

胜利后，校长和孩子们喜极而泣（王晶　摄）

午饭时间，孩子们在外面就餐（王晶　摄）

　　升学不是学校、村里的终极目标，足球只是教育的手段之一，关键还是"育人"。校长常说："希望孩子们能享受竞技的快乐，也拥有接纳失败的勇气。"

　　就像走进了现实版的《放牛班的春天》，发自真心的热爱和快乐，成为他们成长最好的催化剂。

　　这几年，农场小学文化课，从全镇第五名到全镇的第一名。这对于一所只有12名教师的乡村小学来说，需要克服的困难并不少。

　　眼下，学校的愿望也是实在的，他们需要更加专业的指导，需要更好的校园设施……

"考"出乡村，然后呢？

当记者举起镜头，问孩子们"为什么要好好学习？"走出大山，是绝大多数的回答。但当问他们"长大后做什么"，答案却都是同一个：回到大山。

云南大理白族自治州宾川县教育体育局党组书记、局长李应军也是孩子们的"球迷"。作为一个"家乡宝"，他有更多思考："我们农村有句话，你读书读出去了，要走出农村，那么现在要考虑的就是，走出农村之后下一步做什么，是回到农村，还是在大城市？"

其实，对于更多人来说，这不仅是一所学校，还联结着家乡。学校一打比赛，全村都会搬着板凳过来看，之后便会约着去喝咖啡。不再背井离乡，而是就近打工创业，建设家乡。他们管现在的生活叫"找乐儿"。

云南盛产咖啡，家长们也常聚在村里的咖啡店聊孩子聊生活

你向往的乡村是什么样的？党的二十大报告提出"建设宜居宜业和美乡村"。从"美丽乡村"到"和美乡村"，一字之变，内涵丰富而深刻。"这个乡村的漂亮和谐不但来自便利的交通，或者是一些优厚的条件，它更多的，还是来源于人的支撑，人是根本嘛。"李应军说道。

所以，和美乡村怎么建？乡村建设既要见物也要见人，既要抓物质文明也要抓精神文明，实现乡村由表及里、形神兼备的全面提升。

这对于每个人来说，都是一个新的课题，而在农场小学，足球成为一个种子，连接起现在和未来。

村BA让诗与远方燃爆家乡

没有球星、不打广告、不收门票，奖品就是牛羊香米等农副产品，但这方大山深处的篮球场却场场爆满，篮球赛也从当地"吃新节"比赛发展为全国性赛事。

贵州省台盘村，从一个名不见经传的小山村，变成了如今的"村BA圣地"。

2024年中央一号文件指出，繁荣发展乡村文化，促进"村超"、"村BA"、"村晚"等群众性文体活动健康发展。这是中央一号文件首次提到"村BA"，对乡村中群体性文体活动的健康发展提出要求，

开幕式画面（央广网采编　吴馨怡　摄）

从一村到全国，一场因球而生的变革正在乡村发生。

"出圈"源于热爱

"呜——"

伴随着篮球入筐，台盘村独特的加油欢呼声响起。穿着民族服饰的黎平县尚重镇村民王蓉和她的啦啦队成员们，敲打着脸盆、菜盆、大锅盖，为球员们激情助威。

村民们说，举办篮球赛在台江县有着悠久的历史，台江民间流传着"逢节必比赛、比赛先篮球"的传统。

自2022年7月，一段台盘村的篮球赛视频在网络上爆火后，"村BA"完成了从村赛到全国性赛事的完美蝶变。2023年10月，全国和美乡村篮球大赛总决赛在台盘村举行。空气中已有丝丝寒意，但

球赛画面（央广网实习摄像　郑智谦　摄）

丝毫不影响村民们看球的热情。一位驱车1000多公里，从宁夏来到现场的球迷说，这里的氛围好，能感受到对篮球运动最纯粹的热爱。

龙建武是贵州尚重镇参赛队的领队，他介绍称，村BA赛场上的球员们，平时的身份可能是一名农民、外卖员、教练员……只有临近比赛的时候才有时间聚在一起训练，但大家都无比珍惜每次聚在一起打球的时光。

在这方"山间球场"上，观众们可以从天亮看到天黑，球员们也可以从白天打到深夜。"村BA"以其扎根乡土的旺盛生命力，激发着人们对体育精神的共鸣，也展示着中国乡村的朴实魅力。

赛后记者采访明星球员画面

"赛"出乡村致富路

"村BA"篮球赛一头连接着体育运动，一头连接着乡村经济，如何在"村BA"人气带动下改善村容村貌、促农增收，是台盘村村委会主任岑江龙现在考虑最多的事。

岑江龙说，"村BA"火了后，台盘村里返乡做生意的村民们多了，"开超市、摆摊、开民宿……日子越来越有奔头。"

村民廖连英以前靠去县里打零工赚钱，现在一到比赛期间，她就在路边摆摊卖米粉："村里一年来变化很大，游客越来越多，能卖不少呢。"

台江县文体广电旅游局副局长赖勋鹏说，如何将农事与赛事结合起来，依托现有资源与空间推动文旅资源持续向实际经济效益转化，是台江县一直在积极思考和探索的事。

2023年，"村BA"网络曝光量超450亿次，受"村BA"系列赛事带动，台盘村共接待游客90余万人次，实现旅游综合收入8000多万元。银饰、蜡染、刺绣等非遗产品也被做成文创产品走出大山，开辟出一条农文旅体商融合"新赛道"。

从文化肌理里找答案

扎实推进宜居宜业和美乡村建设，这是党的二十大提出建设宜居宜业和美乡村之后，作出的最新具体部署。乡村建设既要见物也要见人，既要塑形也要铸魂。

岑江龙说，"村BA"对村民们精气神儿的改变是显而易见的，大家提起自己的家乡时，更自豪、自信了。反排木鼓舞、侗族大歌、

记者与多个采访对象互动画面（央广网采编　吴馨怡　摄）

苗族银帽、刺绣……一系列当地文化可以在篮球赛的赛场活态展陈。

赛场外，乡村集市上，非遗产品和农特产品琳琅满目，群众主创和政府加持形成了良好闭环，充满着地方特色与人间烟火。比赛期间，广东省沙溪镇党委书记徐成彬，跟随沙溪镇参赛队伍一起来到台盘村，他说，"村BA"为我们观察新时代乡村，提供了一个全新的窗口。

乡村振兴的根基在人，关键在于文化。要通过不断对内探求，寻找当地的文化传统，以群众喜闻乐见的方式和内生动力激发乡土活力，重视人与自然的和谐、人与人的和谐，努力把农村建设成农民身有所栖的美好家园，心有所依的精神家园。